論創海外ミステリ2

RONSO KAIGAI MYSTERY

Guilty Witness by Morris Hershman

片目の追跡者

モリス・ハーシュマン

三浦亜紀 訳

論創社

読書の栞（しおり）

ハードボイルド・ミステリの世界に、ダシール・ハメット、レイモンド・チャンドラー、ロス・マクドナルドといった、巨匠ともいうべき御三家が揃ってのち、戦後になってセックスと暴力を売り物にしたミッキー・スピレインが登場。その後、粗悪な紙に印刷された廉価版のペーパーバック形態による大量出版を背景に、多くの作家がデビューしていった。

一九五〇〜六〇年代に刊行された多くのペーパーバック作品のいくつかは、日本にも訳されているが、これらは通俗と目され、あまり評価の対象となることはない。

『片目の追跡者』が長編ミステリの本邦初紹介となるモリス・ハーシュマンも、六〇年代から七〇年代にかけてペーパーバック・ライターとして活躍した作家の一人である。

日本では、『マンハント』や『マイク・シェーン・ミステリ・マガジン』などに発表した短編小説が、いくつか訳されているだけだった。甲羅を経たミステリ・ファンなら、H・S・サンテッスン編『密室殺人傑作選』に収められた「囚人が友を求めるとき」の作者だといえば、ああ、あれかと、思い出されるかもしれない。

物語は、失踪した共同経営者を探す眼帯の探偵の活躍がメインだが、いわゆるタフガイの捜査小説の枠にとどまらない要素を有するところが、本書の読みどころだ。

かつてのハードボイルドは、基本的に私立探偵自身のプライベート・ライフを描くことはしなかった。探偵たちは卑しき街を行く独り身の騎士とでもいうべき存在で、女性との関係は、あくまでも男性のよき仕事仲間か、敵対する犯罪者としてしか描かれなかった。探偵のプライベートな女性関係は、一九七〇年代に登場した、いわゆるネオ・ハードボイルド以降になって、ようやく描かれることになった。

ところが、ハーシュマンの本書に登場する二人の私立探偵は、結婚しているばかりか、一人は子供をもうけ、一人はこれから父になろうとしている。

きれいな女と面白おかしく危ない関係を楽しむというような、通俗ハードボイルドのステロタイプからは、一線を画しているといえよう。その意味では、六〇年代に発表されたとは思えないくらい、本書は新しい。

もちろん、本書における妻という存在の描かれ方には、その時代なりの限界もあるとはいえ、ネオ・ハードボイルドを経た現代だからこそ、本書の先駆性は光っているのだ。

装幀／画　栗原裕孝

目次

第一部　アイリスのもう一人の恋人　1
第二部　ジュリエットの本当のロミオ　97
第三部　別れの証言　151
訳者あとがき　196

「読書の栞」　横井　司（よこい・つかさ／ミステリ評論家）

主要登場人物

スティーヴ・クレイン……私立探偵
ベン・ヴァーバー……クレインの親友
ノラ・レディントン・クレイン……クレインの妻
ミリー・ヴァーバー……ベンの妻
アイリス・シャフテル……絵画修復業者・画家
オスカー・ハンソン……抽象画家
ジュリエット・ギブソン……薬剤師
トリー・ダイアモンド……不動産会社の女性事務員
ハーバート・レンホフ……コートレーズ・デパートの店員
トム・ピゴット……クレインの同業者
フィル・ハリソン……刑事部長。クレインの警察官時代の上司

第一部　アイリスのもう一人の恋人

1

五年ものの幌《ほろ》つきのダッジの運転席に座って、スティーヴ・クレインはロワー・マンハッタン一番街二十八丁目にあるビルの入口を見張っていた。今夜はもう五時間もこうしているのだが、十二時になったら見張りをやめるつもりだった。

だがクレインがそのまま腰を下ろしていると、ラジオから真夜中の五分間ニュースが流れてきた。アナウンサーが合衆国大統領選やソビエト情勢、中国共産党やニューヨーク市長について最新の情報を伝え、次に〝ではおしまいに軽い話題をお届けしましょう〟と言って、ドゥビュークに住む老女が、飼っていたオウムに嚙《か》まれたというニュースをよどみなく読み上げているあいだに、クレインは腕時計からビルの入口に目を移し、また時計に戻した。ラジオではスタジオの誰かがレコードをかけると、どこかのロバみたいにまぬけなやつらが人間そっくりの声で歌い出した。

〝愛があれば悩みなんて飛んでいく……〟

「そりゃごもっとも」クレインはつぶやくと、ラジオのスイッチを切った。そのとき、なおも見張りを続けているクレインの目に、ビルの入口に立ち止まり、ぎこちなく微笑《ほほえ》み合っているカップルの姿が入った。男はポケットに手を突っ込んでキーを取り出し、女はボーイフレンドの掌《てのひら》に乗せられた金属のキーを見てクスクス笑っている。

クレインは男が連れの女とのデートを楽しめればいいが、とは思ったものの、彼女は自分の好きなタイプではなかった。彼もそれなりの年になり（きっかり一カ月前、三月十日で三十二歳になった）、自分の自由な時間にどういう人間に会うかという点に関してはしだいにえり好みするようになってきたのだ。このクスクス笑っている女に会えば十分紳士的に振る舞えるとは思うが、わざわざ時間を費やしてまで彼女と一緒にいたいかどうかとなると話は別だった。

午前十二時を十分過ぎたところで、クレインはふと思った。

「やつは時間にはきっちりしているんだがな、たいていは」

クレインはボロ車を降りてドアをロックし、歩道のほうへ歩いていった。公衆電話のボックスがあって、電話をかけているあいだもビルの入口を見張ることができるからだ。

電話ボックスに入ると、ボックスのガラスに顔が映し出された。クレインのトレードマークはくしゃくしゃのヘアスタイルと、片目にかけた黒い眼帯だった。医者の勧めに従って左目を休ませるために使っているのだが、緊急の場合にはその眼帯なしでもさしつかえない。

依頼人が初めて眼帯を見てこう言ったとき、彼は内心さんざん笑ったものだった。

「あなたは文字どおり片目《オンリー・アイ》の探偵《プライベート・アイ》なのね」

クレインは彼女が間違っているとは言わなかったし、その後、別の依頼人がまったく同じジョークを飛ばしてもあえて指摘することはしなかった。彼らが気が利いているとうぬぼれていようがいまいが、自分には関係ないことなのだ。

彼は自分の事務所の「クレイン&ヴァーバー探偵事務所」に電話をかけた。一、二分で留守番電話サービスの案内嬢が応答した。

「クレインだが、ヴァーバーから何かメッセージが入ってないかな？」

「あいにくですが、何もありませんわ、クレインさん。そちらのパートナーからのメッセージは入っておりません」

「それじゃあ、もし彼から電話があったら——いや、特に何も言う必要はない。やつが遅れてるのは、何かまともな理由があるに違いないからな」

電話を切って肩をすくめると、クレインはまた別のところに電話をかけた。最初の呼び出し音が鳴り終わる前に相手が出た。おさえてはいるが、とげとげしい女性の声が伝わってきた。

「こんな時間に電話してきて、一体どういうつもり？　子どもたちが寝ているのがわからないの？」

クレインはため息をついた。「あんたの亭主じゃないんだからさ、ミリー。あんまり怒らないでくれよ」

「誰だろうと――あら、スティーヴだったの」ミリー・ヴァーバーの声は若干柔らかくなったものの、そのささやき声はまだ棘《とげ》を含んでいた。「子どもが一人起きちゃったみたい。見てくるからちょっと待っててちょうだい」

クレインはミリーを待ちながら、「事務所の車」と呼んでいる車を時々見やり、それからまた角にあるビルの入口に視線を戻した。すでに十二時二十分を過ぎてはいるが、彼はなるべく平常心を保とうと努めていた。

「もしもし、スティーヴ？」ミリーが電話口に戻ってきた。もちろん、声はひそめたままだ。

彼は気配りを見せて尋ねた。「子どもたちは大丈夫？」

「ジンジャーがね、ちょっと落ち着かないみたいだけど、もうじき寝ると思うわ。ジェリーは風邪を引いているらしくてね。春先の風邪がどんなに性《たち》が悪いか、あなたも知ってるでしょ？」

「もちろん」彼は同情を込めて答えた。それこそが、ミリーが最も必要としているものなのだ。「ベンは家にいないんだろう?」

「いないに決まってるでしょう。子どもたちが病気で死にそうになってたって(そんなことあってたまるもんですか!)、家には寄りつきもしないわよ」

「どこにいるかわからないかな?」

「ええ、よく知ってるわ」ミリーは声をひそめているにもかかわらず、その声には馬鹿《ばか》にしたような響きがあった。「またどこかのコーラスガールのお尻を追いかけてるのよ」

「君と結婚してから、ベンは浮気なんかしてないように思うけどね」

「まあ、パートナーの味方をするって訳ね。あなただって、朝鮮戦争であんな人の命を助けなければよかったって一度ならず願ったはずよ。私だってまったく同じことを考えていないという訳じゃないしね。まったく、私が子どもの面倒を見てるのを手伝おうっていう気がこれっぽっちもない男なんか——」

一度だけ、クレインは彼女の話を遮った。「ベンは今夜仕事以外で、どこかに出かけると言ってなかったかな?」

「家には帰らないってことしか言わないのよ。子どもたちの誕生日だろうと、何の日だろうと、とにかくあの人は帰ってきやしないんだから」

「俺とのあいだでは、あいつはいつも時間をきっちり守っていたよ。だから、どうしてこんなに帰りが遅いのかよくわからないんだ」クレインは言った。「もしあいつから電話がかかってきたら、こっちのことはなんとかしておくからって伝えておいてくれないか」

「もしあの人が今夜、子どもたちが寝てるあいだに電話をかけてきたら、朝には首をちょんぎってやるから」

「仕事のことは心配しないでいいと言っておいてくれ」

「あなたはいつも色々面倒を見てくれるのね、スティーヴ。こんなにいい人が私のベンのパートナーだなんて、本当に信じられないわ」

「ベンはいいパートナーだよ」クレインはとっさに答えた。今いるところからは、ビルの入口があまりよく見えない。「これ以上話していると、今度こそ本当に子どもが起きちまうぜ」

「それもそうね」

ミリーはそのあと一言も言わずに電話を切った。

クレインは今度は自分の妻に電話をかけた。

「ちょっと問題があってね、ノラ」彼は早口で言った。「ベンが戻ってこないんで、明け方まで見張りを続けなきゃならないんだ」

「いいわよ」ノラが答えた。「帰ってくるまでに、朝御飯を用意しておくわね」

「何か買って帰ろうか?」

「あなたが帰ってきてくれればいいわ、それに私たちのジュニアのためにエール大学の出願書でももらってきて」

「まだ妊娠二カ月目だっていうのに、もう子どもをエール大学にやることを考えてるのかい」クレインはクスクス笑い、ちょっとまじめな口調でつけ足した。

「君には、そこらによくいる、子どもにかかりきりの母親になってほしくないな」

「私はミリー・ヴァーバーみたいなタイプじゃないわ、信じて」

「君はそうじゃなさそうだ、ありがたいことに。年から年中、子どもの話ばかり聞かされて、ほかには何もないっていうのはうんざりだからね。あらかじめ言っておきたいんだ」

「もしジュニアのせいで豚みたいに太っちゃっても、私のこと愛してくれる?」ノラの声には、隠そうとしても隠しきれない、せっぱ詰まったような響きがあった。

「駄目だね」クレインは陽気に答えた。「そしたら俺は君を蹴飛《けと》ばして階段から突き落として、家からも追い出して、赤毛のナースでも見つけるさ。この世でもっとも情熱的な女性らしいからな」

ノラは彼が冗談を飛ばして彼女を元気づけようとしているのがわからないらしく、息をのんだ。

クレインは優しく言った。「心配するなよ、ノラ。何も心配しなくていいんだ」

彼は電話ボックスを出ると、また車の中に戻った。ベン・ヴァーバーはついに現れなかった。


クレインが事務所に戻った頃には朝の六時半を過ぎていた。事務所にはほかにひと気もなく、化粧板を使ったデスクと、身分証明書のコピーと、百倍にも拡大コピーして枠に収められたベンの写真が壁にかかっているきりだった。部屋にはそのほかに六つの椅子《いす》とモダンなファイル・キャビネットが三つ置かれていた。クレインのデスクにはノラの写真が飾られ、ヴァーバーのデスクのガラス板の下には、『プレイボーイ』の切り抜きがあった。

依頼人がその切り抜きに気づくと、ヴァーバーはにこりともせずにうなずいてこう言ったものだった。「これはわが事務所にとって非常に重要なものでしてね。つまり、何のために金が必要かを思い出させてくれるって訳なんです」

クレインが知っている限りでは、それは単なるジョークに過ぎなかった。ヴァーバーは自分の仕事は人並みにきちんとやるタイプだったたし、それは二束三文の仕事をやるこうした事務所にとってはとても重要なことなのだ。

クレインはもう一度留守番電話サービスに電話をかけてみたが、夜のあいだにヴァーバーからの連絡は入っていなかった。

彼はノラにも電話して、もう少し遅くなることを告げ、仕事を少し片づけようとタイプライターの前に座った。「調査対象」——半年のあいだに二万ドルを横領した疑いのあるデパートの店員について、昨日は外出して自分の収入以上の金を散財することもなく一晩中、家にいたこと、そしてもし本当に横領をしていれば、彼に不利な証拠があるはずだということをレポートにしたためた。容疑者の住むビルの前で二交代分の見張りをやったので、八十ドルの稼ぎにはなった。

ミリー・ヴァーバーの子どもたちも起き出したであろう七時半をまわった頃、クレインはミリーに電話を入れた。

「ベンは帰ってないわ」彼女は愚痴っぽい甲高い声で答えると、さらに声を張り上げたが、それは彼に向かってではなかった。「ジンジャー、ママの大事なテーブルにオートミールが全部こぼれてるじゃないの？　もう少し気をつけなきゃ駄目でしょ？」

「まだ帰ってこないとすれば、何かあったのかもしれないな」

「あの人はね、ガ・ー・ル・フ・レ・ン・ドと一緒なのよ。あなたより私のほうがそこらへんはよく知ってるんだから」

「仕事の面でのことなら俺だってよく知ってるさ。何も知らせがないとすれば、何かくそいまいましい理由がきっとあるんだ」

「ちょっと汚い言葉を使わないでちょうだい、スティーヴ。電話を通してだって子どもに聞こえるわ。子どもがすぐ真似《まね》するでしょ」

「オーケー、わかったよ、ミリー。ベンに何があったのか、俺のほうで心当たりを探ってみるさ」

「どこに行くつもり?」

「まずは友だちのところだね」彼は何気なく答えた。「それからまた相談しよう」

彼はミリーとの電話を切ると、一番近い警察署の知り合いに電話をかけた。

2

パトカーが警報を鳴らしながら十八丁目へ伸びる細い傾斜路を走り抜け、角を曲がって見えなくなった。クレインが茶色い両開きのドアを開け、警察署に入る頃には甲高いサイレンの音は小さくなっていた。

うす暗く、狭い待合室に入ると、当番の巡査部長が台の上からクレインを見下ろしていた。

「何かご用ですか?」巡査部長は客の応対に出た店主のような声を出した。

「フィル・ハリソンと約束しているんだが。巡査部長のフィル・ハリソンだ」

「おかけください」

クレインは腰を下ろした。同じ木製のベンチには一人の娘が座っていた。見たところせいぜい十八歳くらいだった。彼女はそれほど魅力的でもない足を組み、彼のほうへ流し目を送っている。クレインはどうやら彼女に興味を抱き、お愛想の一つも言わなければならない立場にあるようだった。

巡査部長が手招きしたので、この不愉快な状況から抜け出すことができた。彼女の足をちらっと見てから、彼は唇をすぼめて長く低い口笛を吹いた。そして立ち上がると、心にもないお世辞を言った。

「本当は行きたくないんだよ、ベイビー。だが、ビジネスは、ビジネスだからな」

娘がうぬぼれたっぷりに微笑《ほほえ》んだので、クレインはやっと少し明るい気持ちになった。

デスクの向こうへ歩いていこうとしたとき、クレインはあやうく黒人の巡査にぶつかりそうになった。クレインは謝りながら、今度はごつごつした茶色い手を盛んに使って、最初の巡査に話しかけている別の巡査もかろうじてかわした。

巡査部長がいくつも続いている事務室のほうへうなずいてみせた。「左から三番目の部屋です」

少し歩いていくと、防腐剤と革、それに熱いインスタント・コーヒーの匂いがクレインの鼻に飛び込んできた。彼はすりガラスのはまったドアを二度ノックした。

「入れよ、スティーヴ」フィル・ハリソンが答えた。「座って楽にしてくれ」

クレインは後ろ手にドアを閉めた。金箔《きんぱく》で書かれたハリソンの名前と階級が、ドアのこちら側から見るとまるでロシア文字のように見える。淡いグレーのドアノブのまわりには縁をつけたようにほこりがたまっていた。フィル・ハリソンは警官としても背が高かった。髪はこめかみのあたりでドアノブと同じく淡いグレーの縞模様《しまもよう》を作っている。デスクには黒のべっこう縁の眼鏡が載っていた。三十八歳という実際の年を知らなければ、ハリソンは四十五歳くらいに見えたかもしれない。

「失踪人《しっそうにん》を当たってみたんだが」握手を交わすと、ハリソンは喋《しゃべ》りだした。「今のところは何もないな。だがいつでも好きなときにおまえも当たってみていいぞ。何か手がかりが得られるかもしれないしな」

「そうしてみます」クレインは答えた。「病院のほうは？」

「昨夜からの事故の犠牲者はみな身元がとれてるし、記憶喪失のケースも見当たらなかった」

ハリソンは回転椅子《いす》の背にもたれかかると、ピンク色の布で眼鏡を拭《ふ》きだした。「ベンはいったいどうしたんだ？」

「まったくわかりませんね」

「ベンはいつも注意深いやつだった」ハリソンは言った。「あいつが二級巡査だったとき、今まで見たこともないような凶暴そうなやつを五人引っぱってきたことがあった。あいつらが逃げ出さないようにベンが縛っていなかったら、いったいどうなっていたことやら」

「あいつは仕事にはきっちりしていますから」

「ああいうやつは警察にとどまるべきだったんだがな」とハリソンは言った。「おまえもだよ、スティーヴ。四年間、警察で飯を食って一級巡査にまでなったおまえが——それからどうなった？　一万ドルの債券を売り、数百ドル払って二年間のライセンスを手に入れ、私立《プライベート・》探偵《アイ》なんかになりやがった」

「私立調査員と言ってください、もしさしつかえなければ」クレインは眼帯の端を人差し指で叩きながらクスクス笑った。「眼《アイ》という言葉には敏感なもので」

「私立調査員という肩書きを持って、それがいったい何になるんだ？」ハリソンはじれったそうに尋ねた。「ベンもだ、なぜ探偵なんかになった？」

「俺たちは自分のために働くことができるし、それだけでもとても気に入ってるんです」

彼は、自分もベンも、ハリソンのように実際の年より七歳も老けていないとは言わなかった。

「私立探偵や精神科医になるやつらは、みな心の中ではビジネスマンのつもりでいるんですよ、フィル」

「もし何かメリットがあるとしてもだ、俺にはとうてい——ちょっと待ってくれ」

電話が鳴ったのでクレインはすぐに立ち上がり、冷水器の水を飲もうとホールへ出た。戻ってきて部屋をのぞくと、ハリソンはすでに受話器を置いていた。

「話を中断してすまなかった、わざわざ出ていかなくてもよかったぞ」ハリソンは型通りに言った。「ベンの話だったな。結婚生活はうまくいっていたのか？」

「そうだと思います」

「なぜ男が逃げ出すのか、おまえもわかるだろう。ある日突然、家庭生活がいやになるのさ。ベッドの中では最高の、魅力的な女と結婚したはいいが、数年後には彼女は亭主より子どもばかりかまう、口うるさいばばあになってる。そこでほかの美人に目をつけ、そのまま女とトンズラするって訳さ。中には結局、結婚生活も悪くないと思いなおしてカミさんに花でも買って帰ってくるやつもいるがね」

「ベンがそういうふうに感じていたとしても、俺には一言も言いませんでしたが」

「おんなじことだよ。俺がおまえならベンの親しい友だちに当たって、やつが外で浮気してたとかなんとか言ってなかったか聞いてみるね」

「そうするつもりです」クレインは立ち上がりながら答えた。約束の五分間をすでに過ぎていたのだ。「どうもありがとう、フィル。また連絡します」

「がんばれよ」

「ああ、それからもう一つ。ネッド・ヴァン・レンセラーに電話して、これからすぐそっちに向かうと伝えてもらえませんか?」

「死体保管所の?」

「こういう場合には」クレインは言った。「あらゆる可能性を当たってみた方がよさそうですからね」

その部屋は長く、うす暗かった。天井は高く、部屋の中には一見ファイル・キャビネットのようにみえるものが並んでいる。防腐剤の臭いはそれほどきつくはなかったが、クレインの鼻から胃袋までの道は楽に通り抜けた。

クレインが部屋に入ると、ネッド・ヴァン・レンセラーが握手しようと近づいてきた。ネッドの握手はいつもと同じように温かく、その手と顔は紫外線のせいで、（彼の場合よくあることだが）真っ黒に日焼けしていた。

「元気だったたか、スティーヴ？」レンセラーが喋《しゃべ》りだすと、その声は大きな部屋中に響きわたった。そして彼はクレインの眼帯を見つめ、ため息をついた。「すまなかったな、スティーヴ。そいつに気づかなかったもんで」

「見かけほどひどくはないさ」

「そりゃよかった。病気の話を聞くのが大嫌いでね。何かまずいことが起きると、その後数カ月はスキーのことも考えられなくなるくらいなんだ」

「スキーはまだやってるのか？」

「以前より頻繁にね」一番端のキャビネットまでクレインを案内しながら、ネッド・ヴァン・レンセラーは陽気に答えた。「さてと、これが昨夜最初に入ってきたやつだ。ハドソン川で溺《おぼ》れた男だがね」

ネッドは引き出しを開け、死体の足の親指につけられた標識を確認した。

クレインはその明るい金髪を見て言った。「これじゃない」

「これはその次のやつだ。ギャング同士の殺し合いで、こいつは……。そうそう、スキーと言えばマウント・スノーでこんなことがあったんだ。冬の休暇と貯めておいた有給休暇を使って行ったんだがね。あそこの一番手ごわいスロープに登って、シュテム・ターン（V字形に開いて滑るスキーのスタイル）をやろうとしていたんだ、いいかい、シュテム・ターンだぜ！　もうこれまで百万回もやってきて、俺にとっては初心者がしりもちついて、跡をつけるくらい簡単なものなんだ。もちろん、しりもち《シッツマーク》をついた跡をつけるにはスキーをはく必要もないけどね」

クレインは言った。「これでもないな」

「お次は死因不明の遺体だ。身元をつきとめるのも難しいが……そう、シュテム・ターンをやろうとしてたって話だったな。それがまったく、足を二カ所も骨折しちまった。右足をやられたんだ。一生かかっても理解できないね。おかげで一カ月も入院するはめになって、有給休暇は使い果たして足りなくなるし、入院保険も全部使っちまった。くそいまいましいシュテム・ターンのおかげで、俺の運も尽きたという訳さ」

クレインは言った。「これも違う」

彼は初めてフィル・ハリソンとここを訪れた際（それはかれこれ八年前に遡《さかのぼ》るが）、死体とスキーでの失敗話との組み合わせに、いささか気分が悪くなったことを思い出した。

「これが最後だ、スティーヴ。溺死《できし》した赤ん坊さ。昨夜溺《おぼ》れたんだが、二十分前に運ばれてきたばかりでね……そう、来年はまた冬休みと病気休暇を使ってツェルマットに行ってくるつもりだよ。この前ツェルマットに行ったときには、そりゃもう想像できないくらいひどいもんだったよ。ある男が――」

「これでもない」とクレインはつぶやくと、さっさと出ていきたい衝動をこらえ、ネッドが死体仮置台の引き出しを閉めるのを待った。「まだベンが見つからなければ、数日後にまた来ることになるかもしれないな」

「いつでもどうぞ、スティーヴ。友だちに会うのはいつでも嬉《うれ》しいもんだ」

「そいつがまだ立っていればね」クレインは軽く身震いするときびすを返し、親しみを込めてネッドの手を握った。「このぞっとする仕事を離れて、スキーに行ける時間がもっとたっぷりとれるといいな、ネッド。それじゃまた」

家に戻って食事をとり、二、三時間昼寝をしたが、三時半にはクレインは事務所に戻っていた。休憩をとってはみたものの、事態は何も変わっていないことはわかっていた。

留守番電話サービスに電話をかけると、「ダン・デュアランド」という人物からヴァーバーに電話があり、連絡をくれるようにとメッセージを残していた。電話番号は残されていない。用件はなんだかわからないが、どうやら個人的な問題らしい。ヴァーバーのガラス板のデスクの上に載っていたアドレス帳から、クレインはその電話番号を記した最後のページにベンの几帳面《きちょうめん》な字で「ダンデー」と書かれ、その横に「トラファルガー交換局」と書いてあるのを見つけた。

クレインは何か手がかりがつかめるかどうか、すぐに電話をして確かめてみることにした。

「デュアランドさんはいらっしゃいますか?」ダイヤルを回してから、彼は喋《しゃべ》りはじめた。

「私の姓はダンデュアランといいます」、愛想のよい男の声が返ってきた。「私はフランス系カナダ人でしてね。それから私のファースト・ネームですが——あなたも他の皆さんと同じようにお聞きになるかもしれませんのでね——ローランといいます。ああ、それからもう一つ言わせてもらえれば、今まで間違われることはしょっちゅうありましたが、この名前を変える気はありません」

「私も曾《そう》祖父がルーマニアからこの国にやってきたときのラストネームなんか考えるのはいやですね」とクレインも愛想よく言った。「今じゃ、私の名前はクレインですが、あなたがベンに電話をくださったと聞いてご連絡したんですよ、ダンデュアランさん。私はベンのパートナーなんですが、昨夜からベンの行方がわからなくなっているんです」

「それはそれは」ダンデュアランは言った。「ベンは外でフラフラ遊び回るような男じゃないと思ってましたがね」

「どこに行ったか、ご存知ありませんか？」

「私がですか？　まったくわかりませんね。ベンとは数年前からの知り合いですが、ほんの時たま顔を合わせたことがあるくらいでしたしね。普通の男がよくやるように、女性と楽しい夜を過ごしたり、一緒にスポーツをやったりするくらいのものでしたよ」

「ベンが独身だったとしたら、別に非難するようなことじゃないと思いますがね」ちょっと間をおいてから、クレインは言った。

「もちろんそうですとも」ダンデュアランは穏やかに答えた。「私も独身ですからね」

かすかな音がクレインの唇から漏れたが、それはまるでベンとミリーの不幸な共同生活を悼《いた》んでいるかのようだった。

「ベンが最近つき合っていたのはどんな女性だったかご存知ありませんか？　その人が彼の居場所を知っているかもしれません」

「アイリスのことですか？　彼女に聞いてみるぶんには構わないと思いますが」

「彼女のラストネームは？」

「残念ながらわかりませんね。彼女がどこに住んでいるかも知らないんです。なにしろ一度会ったきりですから」

「なんとかしてその人に会いたいんですがね」

「ああ、それなら」ダンデュアランはクスクス笑った。「ベンのデスクの一番下の引き出しを開けてみてください。最近の『お宝』はみんなそこにしまってあると言ってましたよ」

「調べてみますよ、ダンデュアランさん。どうもありがとう」

「どういたしまして。幸運を祈ってますよ」

クレインはゆっくりと受話器を置いた。ミリー・ヴァーバーは、ベンがひそかに浮気しているのではないかと疑いをもっていた。もし、彼女が今そばにいたら、その疑いを否定していたことを謝っていただろう。ベンには確かにそういうところがあったのだ。朝鮮戦争で初めてクレインがベンに会ったとき、彼はすでに何人もの女性をモノにする凄腕《すごうで》の女たらしだった。

ポーク・チョップ・ヒルの南側の尾根で、クレインは敵の狙撃兵《そげきへい》の銃弾からベンを救い出した。その時、右の尻に銃弾を受けたベンは、入院先でWAC（陸軍婦人部隊）の看護婦をうまくモノにしたのだった。その戦闘による負傷で、クレインの左目にあとあと障害が残るかもしれないと宣告されたその日には、ベンはクレインのけがが早くよくなるようにと、WACの看護婦とのデートをセッティングしてくれたのだ。

「女はいくらでもいるんだ」ヴァーバーはウインクしてみせた。「女が二人いるとするだろう、そしたら俺は少なくとも片方は絶対にモノにしてみせる」

本国に帰ってきてから知り合ったある魅力的な女性——ミリーのことだが——と結婚してからというもの、ベンはすっかり落ち着き、女をベッドに連れ込む豊富なテクニックなど残らず忘れてしまったかと思われた。実際浮気していたとしても別に驚くにはあたらないが、クレインは彼がそれほど長いあいだ、秘密を隠し通したことには感心せざるをえなかった。

ベンは結婚してから、しばらく警官として働いていた。クレインはベンより数カ月前に警察に入っていたが、それから五、六年も経たないうちに二人は警察を辞め、コンビを組んで探偵事務所を開いたのだった。それまで少なくともある期間、ベンがこっそり何人かの女と浮気をしていたことは事実なのだ。

クレインはベンのデスクの一番下の引き出しに手を伸ばした。中には十冊以上のファイルが収められ、ベンのいつものやり方できちんと整理されている。金属の板で仕切られた片側には、四、五枚の紙しか残っていないルーズリーフのノートが入っていた。その一枚目には、次のように書かれていた。「(トラファルガー交換局8—7793)—アグネス—?」

アグネスという女はどうやらあまり見込みがなかったらしい。あるいは、彼女をベッドに連れ込むには、ふだん彼が女を落とすのにかけるより、はるかに多くの手間が必要だったのかもしれない。ノートの四ページ目には、アイリス・シャフテルという女の名前と電話番号、それに覚え書きが記されていた。「悪くない。絵画を研究している」

クレインは電話会社を当たり、この電話番号の持ち主のフルネームと、東八十四丁目にある職場の住所を調べ上げた。彼はそれを紙切れにメモし、自分の大きめの黄色いメモ用紙を取り出して、残りの名前と電話番号を書きつけた。ヴァーバーのものをすべて元の場所に戻すと、またメモ用紙にボールペンで走り書きをした。「できるだけ早く連絡をくれ。だがその前にミリーに電話するんだ。彼女はずっと心配している」

この優しい嘘《うそ》を交えたメモをヴァーバーのデスクに残すと、クレインは首を振り、事務所をあとにした。

3

クレインは事務所のダッジをレキシントンのはずれに停めると、八十四丁目まで歩いていった。通りに面した店の前を通り過ぎるたびに、どの事務所が店の防犯を請け負っているのか、広告が出ていないかと窓からのぞき込んだ。もし自分の事務所がもっと大きくなったら――ピンカートン探偵事務所（アラン・ピンカートンがシカゴに設立した米国初の探偵事務所）よりも大きな事務所にする、というのが彼の夢の一つだったのだが――この通り沿いの四十二丁目から八十六丁目にかけてのあらゆる顧客に売り込みをかけるつもりだった。

アイリス・シャフテルの職場である茶色い石造りの建物の一階の窓には、金箔《きんぱく》で彼女の名前が書かれていた。玄関のベルを鳴らしたが、何の反応もなかった。中に入って、静かにドアをノックした。

たっぷり一分も経ってから、やっと人の足音が聞こえてきた。

「どなたですか？」女性の声だ。

「ミス・シャフテルはいらっしゃいますか?」

ドアが開いた。クレインはその娘を見つめた。彼女の赤褐色の髪は完璧《かんぺき》なまでに整えられ、そのほかのヘアスタイルなど想像もできないくらいだった。その透き通るような肌は赤い髪によく映え、意志の強い深緑色の目はどこか懐かしさを感じさせた。彼女はあちこちに絵の具のしみのついたブルーの仕事着《スモック》を着ていた。普通の女性ならマタニティー・ドレスのように野暮ったく見えるのだが、彼女が着るとそんな風にはならなかった。履いているスリッパでさえ、その足の美しさを隠してはいない。もしベンが彼女をものにできたとしたら、まさにベン・ヴァーバーにぴったりの女と言えそうだ。

「何かご用ですか?」

「あなたがシャフテルさんですか? ミス・アイリス・シャフテル?」

「そうですが」

「あなたのことをある人から推薦されましてね」クレインはよどみなく言った。ある意味ではそれも事実といっていいだろう。「お願いがあって来ました」

彼女は彼を上から下まで眺め、唇の端を上げて微笑《ほほえ》んだ。

「どなたが私のことを薦めてくださったのでしょうか?」

クレインはもう少し彼女と話してから、ベンのことを持ち出すつもりでいた。「もし僕とお取り引き願えないのであれば、あなたと、ええと――その人との関係が気まずくなってしまうかもしれませんのでね。そこらへんはご容赦くださいませんか」

この説明は何の意味もないものだったが、彼女はちょっと肩をすくめてからこの見込みのありそうな客に尋ねた。

「でもせめてあなたのお名前くらいは教えていただけないかしら？」

「スティーヴ・クレインといいます」

「それじゃ、クレインさん、玄関でビジネスのお話をするのもなんですから、中へお入りになりませんか」

クレインは細いロビーを通り抜け、まるで映画から切り取ってきたような居間へと入っていった。壁の半分は本棚で占められ、残り半分には美しい絵画がたくさん飾られた青い板がかけられている（「絵画を研究している」とベンは書き残していた）。その隣の収納スペースにはテレビやレコード・プレーヤー、それにたくさんの皿が収まっていた。クレインがいる場所から、収納スペースの後ろにあるバーも見渡せた。右側に置かれた折り畳み式のテーブルは、広げれば二、三人が夕食をとれるくらいのスペースがあった。クレインは明るい色彩の絨毯《じゅうたん》の上をそっと横切り、三人掛けのソファに腰を下ろした。

「私の仕事についてお尋ねになりたいかもしれませんね」アイリス・シャフテルは彼の向

かいの椅子《いす》に腰かけながら話し出した。足を組み、用心深く膝《ひざ》の上までスカートの裾《すそ》を伸ばす。「私は美術館で働いています。個人のはもちろん、市立美術館も含めてですけれど、クレインさん。美術館の名前は――」

「もしできたらですね、ミス・シャフテル、まずあなたのお仕事を拝見したいんですが」彼女と意気投合した頃を見計らって相手を持ち上げてみせれば、彼女がベンについてもっと話しやすくなるだろうと考えたのだ。

アイリス・シャフテルは自分の仕事を披露するのが待ちきれないかのように立ち上がった。

「こちらへどうぞ」

クレインは彼女のあとについて設備の整ったキッチンを通り抜け、ほの暗い灰色の部屋へ通された。中央には今まで彼が見たことのないような絵画が載ったイーゼルが置かれていた。絵の半分は焦げ目がついているように見え、もう半分は子どものビー玉を押しつけたようにも見える。

「これは今、私が取り組んでいる大きな作品ですの」アイリス・シャフテルはキャンバスだけを見つめながら言った。「バーズタウン美術館のことは新聞でご存知でしょう?」

「火事に遭ったようですね」

「そうなんです。これはその後で私のところに送られてきたものなんですよ。キンダーマイヤーの作品はご存知?」

「誰です?」

「ネーサン・キンダーマイヤー。抽象絵画の画家です」

「あいにく不勉強でしてね」

「これが彼の有名な『七番』なんですが、あと数週間もすれば元の状態に戻るはずです。少なくとも私はそうしたいと思ってますの。可能な限り、ベストを尽くしたいと思って」

「どうやって元のような状態に戻すんです?」

「修復作業にはそれはそれは長い忍耐を必要としますのよ、クレインさん。『七番』はすでに蒸留水と特殊な薬品につけてあるんです。もうすぐ樹脂の化合物で表面をコーティングします。それから火ぶくれの一つ一つを針で突いて、中のガスを出してやるんです。そうすると樹脂のコーティングがとてもうまくいくんですよ」

「しかし、火ぶくれを針で開けてしまったら、まるで傷のようになってしまうんじゃないですか?」クレインは指摘した。興味をそそられたのだ。「そうしたらどうするんですか？」

「電流の流れるヘラのようなものを使って、火ぶくれを元の場所に押し込むのです」彼女は答えた。「それから、また樹脂の化合物を使って絵の具を伸ばします。どこかに仕上げをする必要があればそれもやります。そしてもちろん、絵をバーズタウンに返す前に、特別なニスを表面にスプレーしておきます」

「もし今、僕が帽子をかぶっていたら、脱いであなたに敬意を表したいところですよ、アイリス」クレインは率直に言った。「僕だったら、たとえ百万年かかったって仕上げられそうにないですね」

「自分の仕事を愛しさえすればいいのですわ」彼女は満足げな微笑《ほほえ》みを浮かべながら答えたが、絵から視線をそらそうとはしなかった。「たいていは、色の褪《あ》せた絵をきれいにしたり、修復することが多いんですけれど」

「ご自身でも絵を描かれるんでしょう?」クレインは思わず尋ねた。

「休日だけね。私自身はとてもキンダーマイヤーには及びませんから、今のところ」

「お描きになるのは抽象的な絵なんですか?」

「私が描くのは抽象絵画なんです」彼女はすぐに答えたが、その口ぶりには軽い苛立《いらだ》ちのようなものが感じられた。彼女はクレインのほうを振り返った。「あなたは、自分が理解しようともしないものを軽蔑《けいべつ》なさるアンチ知識人のお仲間ではありませんよね?」

「こういったものは理解不能だとこきおろす専門家は数多くいますがね」クレインは穏やかに答えた。「個人的には、芸術家は自分が追求するものを作品にすべきだと僕は思いますよ。ただむやみにキャンバスに絵の具を塗りつけるのではなくてね。絵の具を塗りたくって、それをすごい仕事に見せかけるのは簡単ですからね」

「クレインさん、それには私とうてい賛成できませんわ――」

誰かがドアをノックする音がした。アイリス・シャフテルはすぐに振り返り、部屋を出ていこうとしたが、最後に振り向いてクレインに言った。

「居間でお待ちください」

クレインは彼女の豪華な居間に戻ると、前に座っていたソファにまた腰を落ち着けた。彼は彼女がベンについて知っているかどうかを調べに来たのだったが、今のところわかったことといえば、クレイン自身、あの理想主義的で情熱的な赤い髪の娘を気に入ったらしいということだけだった。彼女が戻ってきたら、ビジネスに取りかからねばならない。

彼女に続いて誰かが歩いてくる足音がし、それから並外れて背の高い男が入ってくるのが見えた。計れば二メートル近くあるに違いないが、その腕や手の大きさも桁外《けたはず》れだった。今までクレインが会ったことのある大男は、たいてい他人に対してどこか自信なさげな態度を示すものだが、この男は完全に横柄な態度でクレインを睨《にら》みつけ、その眼帯を目にすると唇をゆがめてアイリスに話しかけた。

「アイリス、本当に俺と食事に行く気はあるのか?」

「ちょっと待って、オスカー。クレインさんがお仕事の話でいらしてるの。クレインさん、こちらはハンソンさんです」

オスカー・ハンソンはクレインを見ようともしなければ、握手をしようともしなかった。クレインは立ち上がろうとしていたのをやめ、そのままの姿勢で拳《こぶし》を固めたり、開いたりしてみた。このおかげで、彼は多少気が楽になった。オスカー・ハンソンの親しい友人になれそうになくたって、大したことはないのだ。

「五時に食事に行くと言ってあったはずだぜ」ハンソンは嚙《か》みついた。「その後から、ちょうどいい陽ざしの中で絵が描けるんだ。もし俺が五時半過ぎてから飯を食べて、また、仕事に戻って絵を描けるとでも思ってるなら、考え直したほうがいいぜ」

彼女は足を踏みならした。「お願いだから少しだけ別の部屋で待っていてもらえない？後で必ず一緒に行くから。約束するわ」

「駄目だね、アイリス。食事をするのに三十分かかるし、五時四十分には戻らなきゃならないんだ。その時間帯が、陽ざしがちょうどいい頃合いだって言っただろう！」

アイリスは彼から視線をそらした。「クレインさん、もし差し支えなければ、私と一緒に別の建物の方においでいただけません？　まだ家具はすべて整ってはいないのですけれど、そこでしたらまた修復の問題についてお話できると思いますから」

オスカーは鼻で嗤《わら》った。「気にするなよ、気にするなって。どこだろうと好きなところでその片目と話せばいいさ。俺はもう行くから」

アイリスは我慢しきれなくなって言った。「あなたの今の言い方、ずいぶん失礼だわ」

「あ？　何のことだい？」

「今、あなたがクレインさんを呼んだその言い方よ」

「俺は何も言ってないぜ」

「他人に対して『片目』なんて言うのがあなたの敬意の表し方なのかしら」

「事実を言ったまでさ。文句を言われる筋合いもないだろう。日本にいたときには、ジャップは俺のこんな喋《しゃべ》り方がお気に入りだったんだぜ」

「あなたと日本人ね」アイリスは肩をすくめた。「彼らがどんなにあなたに熱を上げてたかという話は、もう千回も聞きました」

「あいつらは俺から絵についてたくさん学ぶものがあったからさ」ハンソンは言った。「今のアーティストの中じゃ俺が最高なんだ。あいつら日本人はそれをよく知ってるんだよ」

「今、あなたの仕事についてお話するつもりはないわ」

「おいおい、どうしてだよ？　絵のほかに何を話すって言うんだい？　まさか君のお粗末なビジネスの話でもないだろう。君は俺と一緒に日本に行って、俺の仕事をサポートしていればいいのさ」

「朝にはあなたの絵筆を持って、夜にはあなたに足を広げてろってことでしょ」アイリスは手を振った。「今のはさぞかし聞くに耐えない話だったでしょうね、クレインさん。こうして彼を大目に見ているのも、オスカーは生粋《きっすい》の抽象画家だからですわ」

「あなたがこの人にそこまで画家として惚《ほ》れ込んでいるからこそ、あらゆることが我慢できるんでしょうね。それがあなたの仕事ですからね」

ハンソンは彼を見おろした。「いったい何をほざいてやがるんだ、この片目野郎が?」

「俺は今このレディと話をしているんだ」クレインはなんとか理性を保って答えた。「なんで日本人が君にハラキリの仕方を教えてあげなかったのかってね」

アイリス・シャフテルはハンソンの前に立ちはだかった。「オスカー、お願い！　クレインさん、そんなふうな言い方をしたら、ただトラブルを招くだけですわ」

「誰にとってのトラブルです?　あなたのボーイフレンドは紙袋にすら何も描けそうにないし、叩き出してやったって構わないでしょう」

アイリスは怒りに震えているハンソンを無視してはっきりと言った。「この人は私の『ボーイフレンド』なんかじゃありません。もっとも彼はそれを望んでいるようですけど」

ハンソンがわめきだした。「殺してやる、この片目野郎」

「駄目よ、やめて!」アイリスはまた足を踏みならした。「あなたたち二人とも、どうして大きな子どもみたいにやり合わなきゃならないのかしら？　オスカーがいつもこうなのはわかるけど、あなたはそうじゃないと思ってたのに」

「僕が画家じゃないからですか」とクレインが笑うと、アイリスはたじろいだ。

「家具のない部屋があると言ってませんでしたか？　そこなら片をつけるのにちょうどいいでしょう」

「もう喧嘩《けんか》するのはやめて」彼女が切り出した。

ハンソンは言った。「喧嘩もしなけりゃ騒いだりもしないさ。俺の言うことを信じろよ」

彼は部屋を飛び出すと、裏にあるアパートに向かった。クレインもそれに続いたが、アイリスも彼らの後を小走りに追ってくるのが聞こえてきた。彼女はなおもこれから起こることを止めようとしているのだ。

「クレインさん、お願いですからどうかもうやめて」

クレインは歩きながら先程のように、拳《こぶし》を固めたり開いたりしていた。顔には凄《すご》みのある微笑が浮かんでいる。一晩徹夜し、さらにその後ストレスの多い仕事をこなしたために神経が限界に達していたのだが、これから数分間は相当息抜きができそうだった。それに、これからまだひと仕事残っているのだから、ハンソンの横柄な振る舞いに耐えることはあるまい。

入っていった部屋には、壁に掛けられた絵画のほかには家具はほとんどなかった。床に残された跡から、最近までそこに家具が置いてあったことがわかる。アイリスの好みに合わなかったので取り払われたのだろう。

ハンソンが立ち止まった。彼はチョークで床に丸くリングを書くと、そのかけらを窓枠に落とし、自分の指をぬぐった。

「四メートル半はあるな」と彼は満足げに言った。

クレインは笑った。「十ラウンドはやることになるだろう。ベルトから下は殴ってもいいいか、相手に噛《か》みついたり目に指を突っ込んだりしてもいいか、ルールを決めておいたほうがいいかもしれないぜ。一ラウンド二分間で、あなたがストップと言ったら、アイリス、そこで終わりにします。ここで止めようとしても無駄ですよ。そいつは狂犬みたいなやつですからね」

ハンソンは顔をこわばらせたが、アイリスに向かって言った。「今回は夕食をふいにする価値がありそうだぜ、アイリス。それはそうと、君に頼みたいものがあるんだ。冷たい水と、ペーパータオルを十枚と、シェーカーに入れた塩を持ってきてくれ。心配しなくてもいいぜ、アイリス、君が戻ってくるまではこいつをこてんぱんにぶちのめすのはお預けだ。君に見せてやりたいからな」

「オスカー、やめて！」

「約束するよ」

アイリスはこの男が抽象画家としての成功者であるという点だけは認めていたので、彼の顔を立てて部屋を出ていった。彼女がキッチンで何かしているのが聞こえ、蛇口がひねられる音がした。

クレインも、この男とほとんど同じことを考えていた。アイリスがいないところでは闘いたくない。彼はアイリスを待ちながら、両手の拳《こぶし》を揉《も》んだりこすり合わせたりしてから壁のしっくいを軽く叩いてみた。ハンソンのほうは、膝《ひざ》を屈伸させ、腕を回しながらその時を待っている。

彼が屈伸して足のつま先に指で触っているところへ、アイリスが両手に物を抱えて戻ってきた。クレインは彼女の持っているものを受け取ろうとしたが、ハンソンは言った。

「床にそれを全部下ろして、窓のブラインドを閉めてくれ、アイリス。窓まで閉めてもいいんだが、こんなレスリング試合じゃあ、大して騒々しくもないだろうからな」

クレインが彼に言った。「そっちがレスリングをやりたいのならそれでもいいさ。ただし、あんたが近づいてきたら俺はすぐにパンチを繰り出すぜ」

「そこの片目野郎は普通のレスリングをお考えのようだが、そうじゃないぜ。俺がやろうとしているのは一見地味だが、ケリをつけるにはもってこいのやつだ」

ハンソンはジャケットもシャツも脱ぎ始め、上半身裸になった。それから、だらだらと靴と靴下を脱ぎ、床の上に積み上げた。そしてそのかたまりを部屋の隅に足で押しやった。

こんなインチキな試合では、服を着ていたところで何のメリットもないであろうことはクレインも承知していた。彼は部屋の隅に自分の靴と靴下をきちんと置き、部屋に唯一置いてあったクローゼットに近寄った。中に使われていないハンガーがあるのを見つけると、ジャケットとシャツをそこに掛けた。ズボンの中に入っていたものはクローゼットの上の棚に載せた。クレインが終えるまでに、アイリスは別のハンガーを取り出し、ハンソンの衣類を掛けた。彼女はすでに、この有望な画家を止めることは諦《あきら》めていたものの、その表情は曇っていた。

「アイリス、これから始まるのがスモウ・レスリングだ」ハンソンが言った。「スモウ、つまりジャパニーズ・スタイルさ。相手の体を床に着けるか、リングの外に押し出せば勝ちだ。自分のほうが強ければ、どうってことないさ」

ハンソンはペーパータオルで自分の腹を拭《ふ》いた。そしてシェーカーから塩を撒《ま》きながらしこを踏むと、アイリスが持ってきた水で唇をうるおした。

クレインはこの簡単な試合前の儀式が行なわれているあいだ、いつでもこのエゴイストにパンチを食らわせることはできたのだが、なんとか自分を抑えていた。ぶつぶつ悪態をつぶやきながらも、相手に近づこうとはしなかった。

ハンソンは腕をまっすぐに伸ばすとしゃがみ込み、そのままじっとしていた。彼はクレインがその正面にしゃがむのを待っていなければならなかったのだが、クレインは拳《こぶし》を床に叩きつけているだけだった。

ハンソンがこちらに突進してくるのが見え、それから大きな手で体をつかまれて背中を羽交《はが》い締めにされるのを感じた。これは体にこたえる。結局のところハンソンはレスリングの試合に鞍《くら》替えしたらしい。

クレインの背骨は、スモウ・スタイルによって加えられる腕の力で痛み始めていた。彼はハンソンの顔に思いっきり唾《つば》を吐きかけると、股《また》を蹴《け》ろうとした相手の膝《ひざ》を片手でさえぎった。彼はハンソンと同じやり方で闘うつもりはまったくなかった。できるだけ腕を縮めると、おもむろに相手の顔を殴りつけた。ハンソンに背中をしっかりと押さえつけられていたのに、もう片方の手も使うことができたのは意外だった。クレインが狙《ねら》いを定めて繰り出すパンチで、ハンソンの顔はみるみる腫《は》れ上がり、目の周りは赤黒く変色した。唇の端には血がにじんでいる。

殴りつけているあいだ、クレインはチョークで描かれたリングの周りを相手とともによろよろと歩きまわっていた。ハンソンが彼の背中を折り曲げ、背骨を砕こうとしていることに気づいたのがいつだったのかはわからない。背中にまるで千匹ものヤマアラシの針が突き刺さっているかのような感覚が走った。これ以上の力に耐えられる背骨はあるまい。

その激しい痛みにもかかわらず、クレインは後ろに身体を押しつけることでハンソンにパンチを食らわすことのできるポイントを見つけた。だがチャンスをものにするには、すばやい動きが必要だ。

彼はハンソンの喉仏《のどぼとけ》に狙いを定めると、拳で思いっきり殴りつけた。

正直なところ、クレインはこれほど効果があるとは思ってもみなかった。ハンソンは喉をごろごろいわせ、息をつこうとして体がぐらぐらと揺れた。そして初めてクレインの体にまわした手を少し緩めた。あまりに急な展開のために、クレインはあやうく同じ場所にさらなる攻撃を加えるのを忘れるところだった。

だが、彼はもう一度殴った。ハンソンは離した両手を喉の周りに当てると、必死にさすった。いまやその眼には殺意が宿り、スモウ・レスリングを捨てて、拳を固め、愚かにもクレインに向かって突進してきた。

残酷な喜びを感じながら、クレインは前にもやったことのあるやり方で、しかも自分でも予想しないほどのスピードで相手の腹に強烈なパンチを食らわせると、ご親切に拳に向かって落ちてきた弱いあごにも一発お見舞いした。

ハンソンはよろよろと後ずさりすると、床に崩れ落ちた。その衝撃は床を震わすほどだった。

クレインはまばたきしてみたが、決着がついたということがまだ信じられなかった。実際の闘いよりもそこに行きつくまでの時間が長かったために、我に返ると何かの錯覚のように思われて仕方がなかったのだ。ハンソンにもう一発お見舞いしなくてすんだのは幸いだった。あれ以上殴る力が残っていたかどうか疑わしかったからだ。

よろよろと後ずさりして壁に背中をもたせかけたため、身体が倒れるのは防げた。だがどうしても脚の震えが止まらず、情けないことに床に崩れ落ちてしまった。そして壁にもたれかかったまま、座り込んでいた。

しばらくすると、アイリスがよく冷えた水の入ったグラスを持ってきてくれた。クレインはグラスを両手で握り締め、ごくごくと飲み干した。

「もう少ししたら、出ていきますよ」自分の声が、まるで別の部屋から聞こえてくるかのようだ。「心配しないでください」

「そうするわ」

「結構」クレインは無理やり唇を曲げ、歪《ゆが》んだ微笑を浮かべた。「乱暴なボーイフレンドを追っ払いたかったら、いつでも呼んでください」

「オスカーが乱暴者の大間抜けだっていうことはよくわかってるの、今までだってずっとね」アイリスは腰に手を当てて仁王立ちになると、上から彼をまっすぐに見据えた。「私は彼から絵のことや、色の使い方を学びたいだけ。興味があるのはそのことなの、彼と会っているのもそのため。もし彼と一緒に日本に行くお金があったら、喜んで行くと思うわ。彼と一緒にいるのはただ絵の話を聞きたいから、それだけよ。だからあなたに殴ってもらう必要はまったくないの」

「このままこいつに会い続けていたら、そのうちあなたの腕をねじあげて自分の思い通りにしますよ」クレインは警告した。「それからあなたの腕をおみやげに持ち帰るかも」

「この人ならなんとかなるから、大丈夫」彼女はそっけなく言った。「あなたが誰かを殴りたくなったら、私のためだなんて理由をつけてくれなくて結構よ」

「別にあなたのためだけじゃありませんよ。俺は汚い野郎が大嫌いでね、気に触ることをされると、こっちもお返ししてやりたくなるんですよ。それはともかく、あなたがこのうすのろから学ぼうとしていたところを邪魔してすみませんでしたね。謝りますよ」

「オスカーは色を配合しているときは、うすのろなんかじゃないのよ。……どちらへいらっしゃるの?」

「服をとりにね」壁に手をついて身体を支えながら、彼はよろよろとクローゼットに歩み寄った。「あなたがそうしたいなら、彼と一緒にいるのをお邪魔はしませんよ」

「もう少し休んでいったほうがいいわ」

「いや結構。一緒にいて気が休まるという人でもないでしょう、あなたは」

「それなら私がオスカーの手当をしているあいだ、寝室で少しお休みになったら？」アイリスは勧めた。「そうすれば私の顔を見ないですむし、目が覚めたらそのままお帰りになれるわ」

「天は自ら助くる者を助く」クレインは肩をすくめた。「いずれまた、お会いすることになるでしょう」

「明日ではいかがかしら」彼女は答えた。「ドアの鍵《かぎ》をお渡ししますから、鍵は閉めていってください。今度おいでになったときに返してくだされば結構ですわ。今晩は『オールド・タイムズヴィル』に行こうと思うので」

クレインにしてみれば、彼女はなにやら訳のわからないことを喋《しゃべ》り続けていたのかもしれない。

「寝室はどこです？」彼はゆっくり尋ねた。「あれこれあって、正直なところ、少々疲れたみたいなので」

4

六時半きっかりにクレイン&ヴァーバー事務所のドアが開いた。その人影は暗い部屋に忍び込むと、ドアを閉めて鍵をかけた。

しっかりとした足取りで部屋を横切ると、その人物はブラインドを下ろして室内をいっそう暗くした。真《ま》っ暗闇《くらやみ》の中で、外の物音は普段よりずっと鮮明に聞こえてくる。道ばたでの会話、テレビやレコード、ラジオ、それに誰にもわからないようなさまざまな物音まで聞き分けることができるのだった。

〝頭金はたったの三十ドル〟陽気な声が聞こえる。〝そして月々のお支払いは三十ドルです。このチャンスをどうぞお見のがしなく〟

〝さて、次にお送りする曲は私たちの編曲でお届けします〟

〝ガートルード、俺を何だと思ってるんだよ？　聖人君子か？　俺はそんなんじゃないぜ。確かにゆうべは女と会ってたよ〟

〝土曜のダンスパーティーで……〟

つまらないコメディアンの甲高いお喋《しゃべ》りも聞こえる。

〝一塁に誰がいて、二塁には何がいるって?〟

その人物は、ライトでいちいち確認しなくてもベン・ヴァーバーのデスクがどこにあるか知っていた。すでに何度も来たことがあったからだ。

一番目の引き出しの鍵《かぎ》を開けると、ほかの引き出しも全部鍵が開いた。

引き出しを盾にしながら、人影はペンライトで中を調べていった。そこにはクリップと鉛筆、それに横十五センチ、縦二十三センチほどのファイルカード用の金属の箱が入っているだけだった。

〝ダンスパーティーで、あなたは私を愛してると言ってくれたわ……〟

二番目の引き出しにも目当てのものはなかった。過去の重要な事件を収めたファイルと、お得意先になりそうな大会社の関係書類が入っているだけだ。ある顧客リストは、そのほとんどが女性の名前から始まっており、その中の一人は新聞に掲載された写真からもはっきりわかる美貌《びぼう》の持ち主だった。

持っていたペンライトの光が上のほうを照らし出したとき、デスクの上に黄色い用紙が置かれているのが目に入った。二番目の引き出しを大きく開けたまま、人影はそこに紙を置き、ライトで照らした。そこにはこんなメモが書かれていた。

「できるだけ早く連絡をくれ。だがその前にミリーに電話するんだ。彼女はずっと心配している」

人影の顔にあまり面白くもなさそうな微笑が浮かんだ。メモはスティーヴ・クレインのものらしい。こんな状況でも何とかうまく取り繕《つくろ》おうとしているのだ。確かにいつも愛想よく人に振る舞っている優男《やさおとこ》なら、よくやりそうなことだ。だが、スティーヴ・クレインはいい歳をした、強面《こわもて》の男なのだ。侵入者は、柄にもないことをしようとした者たちが――男にしても女にしても――どうなるのかよくわかっていた。

〝おいおいガートルード、いったい何回言わせりゃ気が済むんだ？　彼女とは一回会っただけで、何にもなかったんだよ、ほんとに。ただの知り合いで、一回デートしたっきりで、それでおしまいさ〟

急に男の怒声が飛び込んできた。〝俺の所得税の申告をした手数料が十ドルだと？　ふざけるな！　税金の控除がそれより多くなったんなら、それもよかろう。だが税金にあんな大金をふんだくられたうえに十ドルとは、それじゃあんたはペテン師じゃないか〟

一番下の引き出しからも、見込みのありそうなものは見つからなかった。だが、人影が探し求めているものは必ずこの事務所の中にあるはずだった。引き出しの手前には最近の事件のファイルが置かれていたが、ここには特にチェックが必要なものはなさそうだ。どこかに何かを置き忘れたような感じがして、嫌な気になった。

昔の友だちのような気がしてきた、男の声が大きくなった。

〝わかったよ、ガートルード。確かに彼女とは二回会ったさ。だから何だってんだ、俺を絞首刑にでもするつもりか？　俺が大切に思ってるのはおまえだけだっていうのに〟

人影はまたうっすら笑った。よくある喧嘩《けんか》だ。人影はその男が少々気の毒になってきた。考えてみれば、ガートルードもつらい思いをしているだろう。だが、たいていの女は絶叫コンテストが大好きだが、男にはそれが我慢できないということだ。

これだ！　引き出しの仕切りの奥に、四、五枚しか紙の残っていないルーズリーフのノートがあった。人影はペンライトで最初の数ページに記された名前と電話番号を照らすと、そのノートを取り出して、再び引き出しを閉め、鍵《かぎ》をかけ直した。

ノートを小脇《こわき》に抱えると、人影はドアへ歩み寄り、鍵を開けてから廊下に誰かいないか確認した。

そのとき、電話が鳴った。

その甲高い調子の音を誰かに聞きつけられないように、人影はさっとドアを閉めた。

電話のベルがまたしても鳴った。人影の掌《てのひら》は汗ばんでいたが、どうすることもできない。

三度目、そして四度目のベルの音がした。

そして鳴りやんだ。

人影はほっとして、玄関に誰もいないことを確かめてから、ドアに鍵を掛け、早足で階段へと向かった。暖かい春の陽気の中へ出たとき、最初に耳にしたのはすでに聞き慣れた男の声だったのだが、その人影はもう少しも反応しなかった。

〝俺たちは終わりってどういうことだよ、ガートルード？　どうしてそうなっちまうんだ？　訳を教えてくれよ、俺を納得させられるような理由をさ〟

5

クレインが家に戻ったのは八時半過ぎだったが、ジャケットをハンガーに掛けているところへ、ノラが声をかけた。

「今帰ったの?」

「ああ」彼は用心深く返事をした。彼女の今の声にはどこか憂鬱《ゆううつ》そうな響きが含まれている。七年間の結婚生活の中でノラの性格をすっかり飲み込んでいたので、はたから見れば彼女が陽気そうに見えるときでさえ、実際には非常に腹を立てていることに気づくことができるのだった。

彼が居間に入ると、彼女もそこへやってきた。ノラ・レディントン・クレインは一七三センチの長身で、年齢は二十六歳、漆黒の髪を持つ美人だった。モデルのような申し分のない容姿で、よく目にする広告のモデルよりはるかに美しかった。今日は金の縁取りをほどこした黒のぴったりしたスラックスとスリッパを履いている。初めての妊娠で、しかも二カ月目だというのに、身体を締めつけるような服を着ているのを目にして、クレインは思わずたしなめずにはいられなかった。

「そんなものは着ない方がいいんじゃないか」彼はやさしく言ってみた。

「これからしばらく、こういうものを着るチャンスなんてないのよ」彼女はきっぱりと言い切った。「もう二度とないかもしれないし」

「ノラ、子どもが産まれてしまえば、いくらでも好きなものを着られるだろう。だけど今はあまり子どもに無理をさせないほうがいい」

「勘弁してよ、スティーヴ、あなたったらまるで口うるさいおばあさんみたい」ノラの怒りが爆発した。「これはやっちゃいけない、あれも駄目。たばこは吸っちゃいけない、お酒もあまり飲めない、なんだかまるでガラスケースに入れられてるみたいだわ」

アパートの誰かが水洗トイレを流し、洗面所のシンクで水を使う音が聞こえた。こうした最近の協同組合のアパートに住んでいると、誰が何をしているかすぐ筒抜けになってしまうし、それが気になって落ち着かないのだ。ノラはもっとモダンな場所に引っ越したいと思っていた(「もし子どもが産まれたら、もっと新しい家で暮らしたいわ」)。紙のような壁と今にも手の届きそうなベニヤの天井のこのアパートに住み続けているストレスのせいで、今まで何度ノラと言い争いを繰り返したことだろう。

「ミリー・ヴァーバーが言ってたわ、私はきっと子どもが好きになって、あと四十人も欲しくなるって。身体《からだ》に気をつけなきゃいけないって、電話で一時間も話してたのよ。『あんたのこれからの人生は、赤ちゃんを守るためにあるのよ』ですって。冗談じゃないわ！」

「いつ電話してきたんだ？」

「二十分前に電話を切ったばかりよ」ノラは、部屋の片隅にあるユニットタイプのグレーと白のソファにゆっくりと腰を下ろした。

「ミリーときたら、まるで百歳のおばあさんみたい。興味のあることといえば、子どもの話だけなの。自分の子はもちろん、他人の子にも。誓ってもいいけど、ドラキュラを紹介されたってあの人誰だかわからないと思うわ。最初に聞くのは、子どもは好きかどうかよ」

クレインは大きな居間の北西の方向の角にあるバーカウンターに近寄った。

「ジンが残り少なくなってきたな」とつぶやきながら、ジンをグラスに注ぎ、一番下の棚からトニックウォーターの瓶を取り出した。「ベンについて、ミリーは何か言ってなかったか？」

「あなたが彼を捜してるってことは言ってたわ」ノラの空色の瞳《ひとみ》が、大きく見開かれている。「ついにベンは家庭生活に嫌気がさしたのね？　前にもあなたに聞こうと思ったんだけど」

「わかっているのは、ベンがいなくなったということだけでね」

「ほかにわかっていることはないの?」

「ベンについては何もないよ。あいつはいつも秘密主義だからな」

「あなたもよ、スティーヴ。いろんな意味でね」

「そうかもな、だけど人のことをべらべら喋《しゃべ》ったって意味がないだろう」

「ということは、ベンのこともその気になれば喋られるって訳ね。結局のところ彼はいい夫ではなかったし、よそで女を作ってたって言うミリーの言葉も正しかった訳ね」

「俺が言いたかったのは、私立探偵は依頼人の秘密を守らなきゃいけないということだよ」

彼女の目から興味が薄れていった。「あなたとベンで尾行しているはずの横領事件の犯人はどうなったの? あなた一人で同時に二つの調査をするのは無理よ、今こうやってベンも探しているじゃないの」

「数時間前にね」——彼があの赤毛の娘のアパートで眠り込む直前に——「トム・ピゴットの事務所に電話して、俺の仕事を代わってくれるように頼んだところだ」

「そして当然、一晩の報酬のうちから少なくとも相当な額を払わなきゃいけなくなる訳ね。でも、それはあなた次第よ、スティーヴ。私もビジネスのやり方をあなたに指図するつもりはないし」

「それはご親切にありがとうございます、マダム」彼はインチキくさい西部訛《なま》りで言った。

「感謝しております」

「こっちへ来て。女のこと、あなたにもっと教えてあげる」

彼女はソファの背にもたれかかり、両腕を頭の後ろで組むとつま先をくねらせながら脚を開いた。

「ノラ、まず、その窮屈そうなスラックスを脱げよ」とクレイン。

「ダーリン！」

電話が鳴った。クレインは玄関まで行って電話をとった。手を使うと腕がずきずきと痛む。さっきのスモウ・レスリングの試合で受けたダメージからまだ完全に立ち直っていないのだ。

「もしもし、スティーヴか？　トム・ピゴットだ」

クレインはうなずいた。ピゴットの探偵事務所は、規模は小さいが街で最も優秀な事務所として知られている。彼の雇っている探偵は、どんな予期せぬ事態が起ころうとも必ず仕事をやり遂げるという評判だった。ピゴット自身も仕事の取引に関しては実に抜け目がなかった。

「スティーヴ、うちで引き受けたあんたの仕事だが、今朝まで俺の部下にあのこそ泥を見張らせていたんだ。これからレポートを送るよ」

「そんなに急いで知らせてくれなくてもいい。あんたの部下がよくやってくれてるのはわかってるよ」

「そうなんだが、予想外のことが起きちまってね」ピゴットの甲高い声に、不満げな響きが含まれている。「その仕事を割り振ったやつは、もともとほかの仕事をやるはずだったんだ。だが俺のところは人手不足だろう、だから時間がかちあって、ちょっとしたトラブルが生じてね」

「それで？」

「つまりさ、もともとあんたが依頼人から八十ドルで請け負った仕事を、俺はあんたのために特別に一晩六十ドルで引き受けた訳だが、部下がもし別の仕事をやっていたら、料金はまるまるもらえたんだ」

「客の信用を保つためだ、トム、報酬は全部おまえさんにやるよ」

「そりゃあ、大いに結構、気前のいい話のようにも聞こえるが。だが、あんたも知ってると思うけど、一晩の報酬はいつも百ドルはもらってるんだ。俺の部下がさっき言った別の仕事をやってりゃ、それだけ稼いでくれるはずだったんだぜ」

「あんたの腹が読めたぞ。つまり、俺にあんたのところの依頼人並みの料金を払えって言うんだろう」

「異例の事態なんでね」

「ふざけるな！　もしあんたが百ドルでこの仕事を引き受けるつもりだと最初から言って

たら、あんたのどてっ腹に蹴《け》りを食らわしてたところだ」

「嫌味を言われる筋合いはないだろう、スティーヴ」ピゴットは言葉巧みにかわした。「あんたが支払いに応じるか、俺が部下を呼び戻して報酬の一部で我慢するか、二つに一つだよ。一日中あちこち走り回った後で、あんたがまだこの仕事を引き継ぐエネルギーがあるなら結構な話だ」

「金は払うが」クレインは慎重に答えた。「今度から何か頼みがあっても、二度と俺のところには来ないでくれ」

ピゴットは笑って答えた。「小切手には俺の名前をちゃんと書いてくれよな、スティーヴ。ほかのことは一切構わないからさ」

クレインは電話を切り、部屋に戻ってくると、ノラがこちらに来るようにと手をふった。クレインはノラの隣に腰を下ろすと、この母親になろうとしている妻をしげしげと見つめた。

「どうしたの?」ノラが驚きと皮肉の入り混じったような声で尋ねた。「お腹が膨らんでないか確かめてるの、スティーヴ? ジュニアが確かにここにいるって確認したいっていう訳? 私が今何をしたいかあなたにわかる? もしその勇気があったら、毎日きついスラックスを履いてお腹の子を押しつぶすか、堕胎用のピルを飲むかすると思うわ。近所の人が言ってたんだけど、ピルは——」

「やめてくれ！」クレインはショックを隠せなかった。「君には母性本能というのはないんだな。大した母親になりそうだな、まったく！」

「訳もわからない赤ん坊と一日中監獄に閉じ込められていたいと思うのが自然なことなの、スティーヴ？　あなたは一日中、大人とばかり話をしているのに」彼女はやり返した。「私はこれからどんどん体形が崩れていって、赤ちゃんのミルクだとか栄養だとか、子どものことばかり心配していなけりゃならないのよ。父親になるのは喜び以外の何物でもないでしょうけど、母親になるってことは、人間としての終わりを意味してるんだから」

「まるで君の人生はもう終わりみたいな言い方だな」クレインは怒って立ち上がった。

「どこに行くの？」

「キッチンだよ。新聞を読もうと思って」

「新聞を読むのも、私と一緒の部屋じゃいやだっていう訳ね」

「君がそういうムードのときはね。それに、俺がこのソファが嫌いなのは君だって知ってるだろう。ここでうたた寝していると、柔らかすぎて年寄りになった気分がするんだ」

「新聞を読むときはキッチンの固い椅子《いす》に座らないと駄目だなんて言う人、初めてだわ」

「その口ぶりじゃ、俺が鼻をかんでも喧嘩《けんか》をふっかけてきそうだ」

ノラが両手で顔をおおった。身体《からだ》が前後にゆっくり揺れている。彼女は絶望のふちに沈んでいた。

クレインが言った。「そんなに惨めな気分なら、スプリングフィールドのお姉さんに電話して悩みを話すとか、電話口で思い切り泣けばいい。俺は今、どうやって君を慰めていいかわからないんだ。それに今日は仕事がきつくて、今は話をちゃんと聞けそうにないんだ」

ノラのすすり泣きが少しずつ大きくなっていく。

クレインは言った。「ちょっと車で出かけてくる。いつ戻るかはわからないよ」


ホーソーン環状線を抜けて、事務所のダッジを北へ走らせる頃には、クレインの気分はいくらかよくなっていた。わずかのあいだだけ、自分の問題から逃げているような気もしたが、妻と喧嘩《けんか》を続けずに逃げ出したのは正解だった。ノラについてはそれほど深刻に心配してはいなかった。最初の妊娠で多少神経質になってはいるものの、じきに自分を取り戻すことができるだろう。七年間の結婚生活とそれに先立つ二、三年の婚約期間を経ていたから、彼女のことは十分わかっているつもりだった。

環状道路からさほど遠くない地点で、一条の光がクレインの興味を惹《ひ》いた。車を近づけてみると、古きよき一八九〇年代を彷彿《ほうふつ》とさせる書体の大きな電光文字だった。

「オールド・タイムズヴィル」

彼は、それまですっかり忘れていたが、アイリス・シャフテルが今日ここに来ると言っていたことを思い出した。ほかに何もできそうになかったが、せめてあの絵画修復屋の赤毛の娘とのビジネスをやり遂げることはできそうだ。

クレインは一ドル五十セントの入場料を払い、車を駐車場に停めた。少し歩いていくうちにわかったのだが、ここは最近訪れたなかで最もいまいましい場所と言えそうだった。

オールド・タイムズヴィルは過去のさまざまな年代の遊技場を集めた三ブロックほどの場所だった。たとえば彼の正面のブロックには骨董屋《こっとうや》と「ダイヤモンド・ジム」という名のレストラン、カフェテラス、「グランド・オペラハウス」と呼ばれる建物、それに「ザ・パブ」なるものが店を構えている。道を挟んだ向こう側には五セント劇場（「メイ・アーウィン&ジョン・C・ライス共演『キス』」、『チーズトースト中毒者の夢』も同時上映中」）、キャバレー（「今晩、当劇場きっての美女、リリアン・ラッセル嬢登場！」）、さらに居酒屋やビリヤード場もあった。木製のベンチが歩道の縁石近くに置かれ、発育の悪い木もあちこちに見える。歩道を行き交う人々が笑いさざめいている。

クレインはあやうく、たった今消えたばかりのガス灯に再び火をともすべく、梯子《はしご》を昇ろうとしている男とぶつかりそうになった。交差点にさしかかると、そこへ馬が引いた車が通りかかり、乗客たちが彼に向かって手を振りながら微笑《ほほえ》みかけてきた。もじゃもじゃの口ひげを生やした車掌《しゃしょう》はコーンパイプ（トウモロコシの穂軸で作った火皿のついたパイプ）をくわえたまま、二頭の白馬の手綱を軽やかに操っている。

クレインは道のベンチをくまなく見渡していたが、思ったとおり、アイリス・シャフテルがスケッチブックを膝《ひざ》に乗せ、忙しげに鉛筆を走らせている姿が目に入った。深緑色の瞳《ひとみ》と透き通るような肌を持ったアイリスの魅力を、彼はほとんど忘れかけていた。その赤い髪の毛はハンカチーフでまとめられていたが、ガス灯に映えるその輝きを見るにつけ、彼女のスタジオで初めて会ったときの強い印象を思い出さない訳にいかなかった。

「こんばんは」クレインが声をかけた。「今日はオスカーと一緒ですか？　あのレスラーの」

彼女は顔を上げたが、相手が誰だったか思い出そうとして、しばし考え込んでいるように見えた。

「ちょっと待ってくださいね」彼女は言った。

彼女は絵画から気をそらしたくないようだった。彼は立ったまま、彼女が目の前の建物を写生しているのを見守った。彼女はゆっくりとスケッチブックを閉じると、彼を見上げた。

「ここで何をしてらっしゃるの？」

「逃げてきたんです――」なぜ彼女に話すのをためらっているのか、自分でもわからなかった。「仕事からね」

彼女が渡してくれたアパートの鍵《かぎ》を引っぱり出しながら、クレインは少なくともこの鍵のことでノラと喧嘩《けんか》せずに済んでよかったと思った。

「いったい何のお仕事をしていらっしゃるの、クレインさん？　まさか外交官なんかじゃありませんよね？」

「聞いたのは僕のほうが先ですよ、生意気な言い方をさせてもらいますがね。オスカーの野郎はどうしたんです？」

「そんなにお知りになりたいんでしたら、お教えしますわ。オスカーは意識を取り戻してからさんざんあなたと私を罵《ののし》り、それから下宿屋のおかみさんと画廊のオーナーを罵り、美術評論家と『アート・ニュース』を罵り、ほかのものすべてに対して悪態をついていました。彼とは会っていませんけど、じきにまた電話をかけてくると思いますわ。今度は私が質問する番よ、クレインさん」

「そう来ると思ってましたよ」クレインは肩をすくめて言った。「ニューヨーク州の法律では僕が私立探偵と名乗ることは認められていませんがね、でも実際はそうなんです。僕を含めてライセンスを持っている者は『調査員』と呼ばれています」

「まあ、それはすごい偶然の一致ね」

彼は用心深く尋ねた。「以前にも私立探偵に会ったことが?」

「クレインさんはびっくりなさるかもしれないけど」彼女は考え込むように目を細めた。

「あなたが私に会いにいらしたのは、何か私の仕事のことで?」

「正直に申し上げて、別にあなたが犯罪に巻き込まれているという訳ではないんです」

「犯罪に巻き込まれたことなんかありませんわ。だから心配する理由もないんです」

「悪いことをしていなくても、私のような者にあって不安に思う人は大勢いますよ。私立探偵という存在が恐怖を与えるんです。だから、あなたも怯《おび》えさせたくないと思って」

「私は怯えたりはしないわ」

「まあ、そんなにこだわらないで。まったくあなたっていう人は、人のいうことを何でも本気にとりすぎますよ。こんな人に会ったのは初めてだ」

「それじゃ言わせてもらいますけど、クレインさん、あなたの――」

「ちょっと待って――待ってください！　あなたとこれ以上やり合いたくない、こんなところで喧嘩《けんか》する気分じゃないんでね。実のところ、今夜は平和と静けさ以外はごめんこうむりたいですね。よかったらこれから一杯いかがです?　あなたともっと落ち着いて話をしたいんですよ」

「私、この絵を描き上げてしまいたいんです」

「今回だけは僕のわがままを聞いてください。どこかいい店がありますか？」

「『グリーシー・ジョージズ』はいかが？」クレインが彼女を捜しあてたとき、彼女がスケッチしていた赤いレンガの建物を指差しながらアイリスは言った。「それでよろしいかしら、クレインさん？」

「それじゃうまい酒があるか見てみましょう」クレインは言った。「ちなみに、僕の名前はスティーヴといいます」

店に着き、クレインは色褪《いろあ》せた重い木製のドアを開けようとした。しかし扉は開かなかった。

アイリスが教えた。「ノックして」

クレインがその通りにすると、髪を真ん中分けにして油でてからせ、鉛筆のようにピンと伸びた口ひげをたくわえた男がドアののぞき穴を開けた。男は睨《にら》みつけるような目でクレインを見た。

「なんの用だね？」

店のなかからチャールストン（米の南部の町チャールストンを起源にするダンスの一種）に使う音楽が聞こえてきた。どうやらこの店は一九二〇年代の禁酒法時代の非合法ナイトクラブを模しているらしい。クレインは以前どこかで聞いた、客が店に入るときの合い言葉を思い出して言った。

「ジョーの使いだ」

「オーケー」ドアが開いた。音楽はさらに大きくなり、タバコの煙が廊下にもうもうと立ちこめている。「ジョーの知り合いなら大丈夫だ」

クレインは笑みを漏らし、そのままアイリスがコートをクロークに預けるのを待って、一緒にタバコの煙が立ちこめる部屋へと入っていった。客はテーブルに着き、一部の席からは壁や鏡に印刷された当時の新聞の見出しが見渡せるようになっている。アイリスはできるだけステージに近い席に腰を下ろした。

「素敵な場所だと思わない?」

「まあ普通ですね」本で読んだ、禁酒法時代のスラングを意識しながら何気なく言った。「しゃれ者が集まるもぐり酒場ってところでしょうな」

「気むずかしい方ね」彼女は笑いながら言った。「でもこの場所に慣れてくれれば、あなたもきっと好きになると思うわ」

「あなたっていう人は、物事すべてを好きになるか、すべてを憎むかのどちらかなんですか? あなたが冷静でいられるものはないんですか?」

「あまりないわ。人生は一回きりですもの。だから、自分の時間の一瞬一瞬を深く楽しみたいの」

ウエイターがやってきて、金歯を光らせながらクレインたちに向かって微笑《ほほえ》みかけた。

「ご注文は?」

クレインはアイリスのほうを見た。

「私はスペシャルをいただくわ」彼女の瞳《ひとみ》はきらきらと輝いている。「ノンアルコール・ビールをちょうだい」

クレインはウエイターに尋ねた。「本物の酒はないのかい? この六〇年代から七〇年代にも通用する外国のやつだ」

「たいていのものはご用意できると思いますが?」

「ジントニックを頼む。ギルビーズ(イギリスのギルビー社のジン)で」それからウエイターが行ってしまうまで、彼は一言も発しなかった。「ここは静かに話をするのにぴったりですね」

「またここに来たいと思っていたの」スケッチブックをテーブルの上に置きながら、アイリスが答えた。「なぜかはもうおわかりでしょう」

夕方、別れ際に彼女がクレインに「オールド・タイムズヴィルへ行く」と言っていたのは、意味があってのことだったのだ。

「僕と話しながら同時にスケッチもするのはちょっと大変なんじゃありませんか」

「もちろんだわ。私はあなたのお話を聞きに来たんだから、クレ――スティーヴ、でも、つい絵を仕上げたくなってしまって」

クレインが何か言いかけようとしたとき、耳をつんざくようなドラムの連打が小さなオーケストラから響きわたった。時代遅れのスーツを着込み、ボタン孔《あな》にカーネーションを挿して、片手に山高帽子を持った男がスポットライトに照らし出された。

「紳士淑女の皆さん、ニューヨークで最も有名で洗練されたナイトクラブ、グリーシー・ジョージズへようこそ。ご参考までに申し上げますと、ここは敬愛する、我らがニューヨーク市長、ジェームス・J・ウォーカー氏にもご愛顧いただいているクラブであります」

ウエイターの一人が喝采《かっさい》を送ると、観客も二、三人拍手したが、掌《てのひら》でテーブルを叩く者も少なからずいた。クレインは現実には今が何年でどんな時代なのかを思い出すと、肩をすくめ、アイリスが望むと望まざるとにかかわらず、あたりが静まって話ができるようになるのを待った。

「そして次にお目にかけますのは」クレインがそっとため息をつきながら眼帯の下の目元をこすっていると、司会者が続けた。「グリーシー・ジョージズのレビューです。皆様どうぞごゆっくりお楽しみください」

またドラムが鳴り響くと、明るいライトが、踊りながら登場した脚の長いきれいな踊り子たちを照らし出した。調子外れのキーで歌いながら、踊っている。

「グリーシー・ジョージズへようこそ、
ここのお酒はあなたの喉《のど》を優しく潤してくれる
ウエイターはみんなダンディーで
女の子たちはとってもキュート
ようこそ素敵なグリーシー・ジョージズへ」

コメディアンがアル・ジョールソン（ロシア出身の米の歌手・俳優）とウィル・ロジャース（米の俳優・ユーモア作家）との掛け合いのジョークを飛ばしているとき、クレインはアイリスが握っていた鉛筆に手を置いて言った。

「そろそろ話を始めましょう」

アイリスは助けを求めるかのようにさっとあたりを見渡したが、やがて彼のほうに向き直ってうなずいた。「いいわ、スティーヴ・クレインさん。今日これっきりで片をつけましょう。どうして今日、あなたが私のスタジオにやってきたのか教えてほしいの」

クレインはありのままを話した。「ベン・ヴァーバーという私立探偵がどこにいるか、あなたならご存知じゃないかと思って」

アイリスはひるんだり、何かまずいことを探り当てられたりした様子もなかった。何気なく、ただ、うなずいただけだ。

「その人とは昨日の午後、初めて会いました。飲みに行かないかと誘われたわ。私に興味を持っていたみたいだけど、それだけよ、今のところ」

「彼とデートしたのは昨日の一回きりですか?」

「そうよ。本当に一回だけ、お酒を二、三杯一緒に飲んだきりよ」

「でも、彼の友達を少なくとも一人は知っていますよね?」

「ええ、同じ場所で会ったわ。頬骨《ほおぼね》の突き出たフランス人。あの時は、その人よりベンのほうに興味があったわ」

「彼はベンの友人で、ダンデュアランという名のフランス系カナダ人です。まあ、あまり気になさることはありませんがね。ベンとはどうやって知り合ったんです?」

「あなたと同じように、私のスタジオにやってきたの。ただ、誰かさんと違って、私を雇いたいという嘘《うそ》はつかなかったことね。すぐに自分は私立探偵だと言って、情報を教えてほしいと」

「情報? つまり、仕事がらみで来たということですか?」

「そう言っていたわ。だけど、しばらく話しているうちに、彼の言っていることはちょっと違うんじゃないかと思ったの」

「たとえば、彼はあなたを街で見かけて、そのまま尾けてきたとか？　自分が私立探偵だと名乗ったのも、あなたに話しかけて、あなたをよく知るためだということですか？」

「はっきりそうとは言えないけれど、ひょっとしたら、そうかもしれないでしょ。お酒を飲んだあとで、家まで送ると言ったけど、断ったわ。そしたら、今度はいつ会えるか尋ねられたの。わからないからまた電話してくださいと言ったけれど」

「その後またベンに会いましたか？　ベンから何か連絡がありましたか？」

「いいえ」

クレインは、彼女がかなり率直に事実を話していると感じていた。この女は、重要なことで嘘をつくタイプではなさそうだ。

「ベンはあなたからどんなことを聞き出したいのか言いましたか？」

「私の顧客の名前と、その人たちの顔や体つきについて聞いていたわ」

「ふーん？　なぜそれを聞くのかは話しましたか？」

「事務所が扱ってる事件に関係があると言ってましたわ」

「絵画に関係のある事件なんて扱ってませんでしたがね」彼女の様子を見て、クレインはつけ加えた。「ベンは僕のパートナーだったんです」

「そういうことだったのね。ようやくわかってきたわ、あなたのこと」

彼は肩をすくめた。「どうしてこうやってあなたにお尋ねしているかというと、ベンのやつがいなくなってしまって、行き先がわからないでいるからなんです。でもあのフランス系カナダ人のダンデュアランが、あなたがベンのガールフレンドだと話していたので、ベンのアドレス帳からあなたの名前と連絡先を探し出したという訳です」

「なるほどね。もしそのとおりなら、ベン・ヴァーバーは私をなんとかしようと考えていたのかもしれないわ。彼にとって都合が悪かったのは、私が彼に興味を示さなかったことね」

「それはあなたの自由ですからね」

「もしあなたも私のことで何か考えているなら、彼と同じことになるかもしれないわよ、クレインさん」

「差し支えなければ、この店からも、『タイムズヴィル』からも出て行っていいですよ」

「こういうことでしょ、クレインさん。あなたは自分の知りたいことはもう聞いてしまったし、これ以上ほかに聞き出せそうもないから、もう私と話すことなんてないって訳なのね」

「あなたがもう話したくないんでしょう」クレインは酒を味わいながら冷静にやり返した。

「結局のところ、僕は絵画についてはまったく素人だし、あなたのお役に立てそうにもないですからね」

「そんな言い方ってないわ！」

彼女の頬《ほお》がさっと赤く染まり、それはクレインの目に実に魅力的に映った。

アイリスは言った。「私、絵画以外のことはあまり考えられないんです。人に対しても、その人とつき合うことで自分にメリットがあるかどうかを判断基準にしているの。今までもずっとそうだったし（クレインさんもご存知のとおりにね）、何かに集中するとほかのすべてのものが見えなくなってしまうんです。それがよくないのはわかっているけれど――あら、あれを見て！」

彼女の視線の方向を追ってクレインがすぐそばの丸テーブルに目を移すと、そこで二人の男が大声で言い争っていた。流行遅れだが、それなりにこじゃれたスーツに身を包んだ男が立ち上がり、叫び出した。

「やる気か？」

「ああ、やるとも」もう一人がそれに応えると、椅子《いす》を蹴《け》って立ち上がった。こちらはダブルの紫がかった暗い灰色のスーツを着て、細い口ひげを生やしている。頭上の射すようなライトを反射して髪が光っていた。

「あそこのビールの独占権を握っているのは俺一人だ。ほかのやつには渡せねえな！」

「こいつ何ぬかしやがる！」

最初の男が銃を取り出したが、ひげの男のほうが一足早く銃を構え、相手に向かって引き金を引いた。撃たれたほうの男は「畜生、やりやがったな！」と叫ぶと左胸を両手で押さえ、二、三歩よろめいて、そのまま床に倒れ込んだ。ひげの男は銃を振り回しながら、客に向かって叫んだ。

「お堅いだんな衆、あんた方は何も見なかった、わかるか、俺の言うことが？」

観客席から笑い声とまばらな拍手が起こった。

「ようし、俺が言ったことをよく覚えとけよ」

ひげの男が立ち去ろうとしたとき、最初に撃たれた男が床を這《は》いながら銃をかまえ、すばやく引き金を引いた。ひげの男は腰に手の甲を当てて、身体《からだ》をうしろに折った。次に、振り向きながら、わずかに身体を起こした。

「小汚ねえドブネズミめが」ひげの男は憎々しげに言った。「俺をバラせるやつはいねぇ、わかってるのか、この野郎？」

そして、彼はもう一度引き金を引いた。床に倒れていた男はあえぎ声を上げ、銃が手から転げ落ちた。ひげの男は満足げにうなずくと、一歩前に踏み出したものの、身体がゆらゆらと大きく揺れている。

「いいか、かたぎのだんな方」男は抑えた声で観客に向かって言った。「警察《サツ》には——俺が誰に撃たれたか、ばらすんじゃねえぞ」

ひげの男は最初の男と同じように、派手な音を立てて床に倒れるとぴくりとも動かなくなってしまった。

二人の筋骨たくましいウエイターが役者たちを部屋から引きずり出すと、ひとしきり拍手が湧《わ》き起こり、そして再びあの司会者が姿を現した。にやにやしながらも、司会者としての役どころをわきまえ、迷惑そうな顔をしている。

「紳士淑女の皆さん、店内で思わぬアクシデントをお目にかけまして大変申し訳ありませんでした」司会者はベビーカーほどもありそうな大きなハンカチを取り出すと、額をぬぐった。「グリーシー・ジョージズは安全な経営をモットーにしておりまして。はい、ありがとうございます。それでは床をきれいにいたしましてから、今度はダンス音楽をお楽しみいただきたいと思います」

盛大な拍手に迎えられて、オーケストラがテンポの速いフォックストロット（米の社交ダンス。または、それに使われる音楽）を演奏し始めた。

「踊りませんか?」クレインが誘った。

「お話しなきゃならないことが――」アイリスは言いかけたが、ふと微笑《ほほえ》み、陽気にうなずいて答えた。「いいわ、心を入れ替えて、踊りながらお話できるかどうかやってみましょう」

彼女のダンスは素晴らしかった。だがクレインと踊っているあいだ、その唇から言葉が漏れることはほとんどなかった。クレインがステップを踏むとすぐにそれに合わせ、まるで彼の身体《からだ》の一部になったかのように、ぴったりとその身体を添わせてくる。クレインはもうずいぶん長いこと独身女性と踊る機会がなかったのだが、その本音とは裏腹に彼女から少し身体を離すように努めた。

フォックストロットとチャールストンをしばらく踊ってからテーブルに戻ると、クレインは思いやりに満ちた眼差《まなざ》しで彼女を見つめた。

「ノンアルコール・ビールのほかに何か飲みませんか?」

「もういいわ。いつもここに来るときは、ノンアルコール・ビールって決めてるの。ほかでは飲めないし、どこかちょっと変わったものを出す場所に来たときには、そこだけでしか飲めないものを経験してみたいわ」

「じゃあ、もう一杯注文しましょう」

「いいえ、結構よ。喉《のど》も乾いていないし」彼女の笑顔がまぶしかった。「あなたと一緒にいると楽しいわ。親切だし、とっても思いやりがあるし。あなたのルックスを誉めたら、気を悪くなさるかしら?」

「別に気にはならないですよ」クレインは嘘《うそ》をついた。彼女はずっとクレインのことを考えていたに違いない、ほかのことや、ほかの人のことではなく。その物言いがあまりにストレートなので、彼はいっそう落ち着かなくなった。

「でも、できれば、ほかの話題の方がありがたいですね」

「いいわ、それじゃ話題を変えましょう」彼女は考え込みながら上品に眉《まゆ》をひそめた。「ショーはどうでした？　面白かったかしら？」

「悪くはないですね。ちょっと鼻持ちならないものではあったけど、少なくとも今まで見た中じゃ最低ではなかった」

「ショーの最後が一番面白いんですのよ」

「最後にどうなるんです？」

「ダンスの途中で、木槌《きづち》でドアを叩くような音が聞こえてくるの。そして警官の制服を着た役者が大勢部屋になだれ込んできて、『警察だ、みんな壁に向かって一列に並べ』と言うんです。もちろん観客はそれに従いますよね。つまり、パーティーのときのゲームみたいなものなのよ。だから、みんなルールに従わなければいけないという訳」

「やれやれくだらないですね」クレインは遮って言った。「まあ別にかまわないけど」

「それから、『警官』は観客の名前を書き留めてから表に警察のワゴンを待たせてあると言うの。すると司会者が厚い札束を持って出てきて、担当の『刑事』にお願いだからこの人たちを逮捕しないでくれって頼むのね。役者はちょっと考えるふりをしてからその札束を受け取り、『おまえたちを豚箱にぶち込む必要はない』と言って『警官』はみんな引き上げていくの。それがこのフロアー・ショーの結末よ」

クレインは顔をしかめた。巡査部長のフィル・ハリソンがこの芝居を観ていたら、おそらく舞台に飛び上がって役者全員の頭を叩いて回ったことだろう。

「役者が登場する前にオールド・タイムズヴィルの別の場所に行きませんか、あなたがこのあたりにいたいのなら?」

「あなたもお疲れのようだし、私も明日込み入った仕事が待ってるんです」とアイリスは言った。「今日はタクシーで来たんだけど、もしよかったらタクシーで途中まで一緒に帰りませんか」

「僕の車に乗ればいい」クレインはさりげなく言った。「お宅まで送りますよ」

「本当にありがとう」彼女は静かに答えた。また彼のことを考えているらしい。「ずいぶんお疲れなのに、すごく気を使ってくださるのね」

「ぼくなら、ちっともかまいませんよ」

クレインは勘定を済ませると、先に立ってドアのほうへ歩いていった。ドアマンが彼らのためにドアを開けた時、アイリスが言っていた木槌《きづち》がドアを叩くような音が聞こえてきた。

もちろんレコードの音だったのだが、クレインは一瞬、まるで自分のこめかみに打ちつけられているかのような錯覚に陥った。

「行きましょう」と彼は怒鳴るように言った。「頼むから、今夜はこれでおしまいにしてくれよ」

6

街に戻る車の中は静かなものだった。ほかのものは興味を持ったり、考えたりする価値もないかのように、アイリスはクレインの横顔ばかり見ていた。クレインはいつもドライブを楽しめるよう、カーラジオで音楽を聴くことが多かったのだが、今のこのドライブではラブソングほど聞きたくないものはなかった。

東八十四丁目にあるアイリスのアパートから半ブロックほど離れたところに、クレインは車を停める場所を見つけた。それほど明るくなかったので、眼帯を外して胸ポケットにしまい込んだ。左目はすぐに周りの暗さに慣れてきた。

「そうすると雰囲気が変わるわ」とアイリスが言った。その左腿《ひだりもも》はぴったりと彼の右腿に押しつけられている。「毎晩外していらっしゃるの？」

「そのときの気分次第でね」

「眼帯を外しているほうがずっと――私の言いたいことわかるでしょ」ちらりとクレイン

を見つめた目つきが少々打ち解けすぎているように見える。「そうだわ、どちらに住んでいらっしゃるの？　今晩ずっと一緒にいたのに、まだ聞いていなかったのね」

「ダウンタウンです。ハイストーンの共同住宅に住んでます」

「遠そうだわ」

「車なら五分もかからない」

「こんなに遅く帰って、翌朝までに二、三時間しか寝られないような生活では大変でしょう？」

「今の場所は僕が気に入ってる訳じゃないんです」と用心深く答えてからさらにつけ足した。「でも妻が気に入っているもので」

「奥様ね」彼女の腿がわずかに離れたが、クレインはまだその触れた場所の温かみを感じることができた。「お子さんは？」

「まだいません」

「ご結婚されてからどのくらい？」

「七年になります」

「今までに――これはすごく個人的な質問だけど――浮気したことはある？　結婚してからという意味だけど」

「いいえ」

次にどんな質問が来るのか、彼にはあらかじめ予測がついた。

「奥様とはうまくいってらっしゃるの？」

「そうですね、大体は」彼女に質問をやめさせるには、こちらからも何か聞くほかなさそうだ。「あなたはどうなんです、結婚したことは？」

「婚約していたことはあるわ、一度だけね。彼は結婚したら、私のところへ引っ越してきて、私には家庭に入って炊事洗濯に専念してほしかったのね。奥さんというより、メイドが欲しかったのよ。私の人生にはなんの変化もなかったでしょうね、以前の二倍の家事をこなしながらキャリアを続ける以外はね。私が考えていた結婚とは違うわ。わかっていただけるかしら」

「結婚生活は月日が経つにつれてうまくいくと言われていますよ」

八十四丁目に車が着いたので、今までよりも多少リラックスしながらクレインは言った。

「その後、婚約は？」

「それからは恋愛もしていないわ。私の人生にそういう人がいたのはもう一年半も前のこと。愛し合える人っていう意味だけど」大きく息をすると、彼女はまっすぐクレインを見つめた。「最悪なのは私が好きになる人を見つけると——」

「ほんのちょっと知り合っただけで？」とクレインは口を挟まずにいられなかった。

「そうね、でも直感でその人を理解できることもあるでしょう」少し前屈みになりながら、彼女は強い調子で答えた。「いいなと思う男性がいても、その人は幸せな結婚をしているし」

「だったら違う男を見つければいい」

「残念ながらそんな才覚はないの」

彼は肩をすくめた。今、自分が思っていることを口に出してしまわないのが礼儀というものだろう。

アイリスが遠回しに尋ねた。「あの――もしよろしかったら――私の部屋でコーヒーでもいかが？　もしお急ぎならそんなにお引き留めしないけれど」

クレインはそれがどんなに簡単なことかわかっていた。たった一言、もしくはちょっとしたしぐさだけで、彼女の部屋に招き入れてもらえるだろう。半時間ほど彼女と一緒にベッドで過ごし、それから家に帰ればいいのだ。誰も知る必要のないことだし、誰にも証明できないことなのだから。クレインは両腕を組んだまま、彼女の甘い香水の香りが鼻孔をくすぐり、温かく柔らかな腿《もも》がさりげなく刺激してくるのを感じていた。

「お邪魔する訳にはいきません」まるで世界中でそれより大切なものはないかのごとく、ひたすら車のワイパーを見つめ続けながらクレインは言った。「残念ながら」

彼女は大きく息をつくと、右側のドアのほうに向き直った。ドアを開けて、車の外に出ると、ドアをばたんと閉めた。

こうして彼女が行動を起こしたので、彼はやっと普通の状態に戻った。「もし情況が違っていたら、あなたとの関係ももっと違ったと思うんですが」

彼女の耳にもそれは届いたようだが、アイリスは歩調をゆるめなかった。通りからアパートに向かって足早に歩く彼女のハイヒールが甲高い音を立てている。頭上の月に照らし出された彼女の姿は、通りのこちら側で唯一動いている人影だった。

クレインはそれまで組んでいた両腕をほどき、白いハンドルにそっと置いた。ふと、二十代の初めにしばらくつき合っていたバレエ・ダンサー志望の女の子を思い出した。とにかくバレエのことだけを考えて生きている女の子だったが、結局別れてしまった。アイリスも彼女と同じだ。とにかくひたむきで情熱的で、あるときは何か一つのことが何よりも大事なのだが、数分後にはそのことはすっかり忘れて、自分の仕事に戻っていく。だがなかなか魅力的な娘だった。もし自分がすでに結婚していなかったら、もっと深くつき合うこともできただろう。

茶色い石造りの建物のなかのアイリス・シャフテルの部屋に白くまぶしいライトが灯るのを見届けてから、クレインは車のエンジンを入れ、自宅に戻った。

7

翌朝九時半過ぎに事務所にやってきたクレインは、中に入ると部屋にこもった臭いを消すために窓を開けた。真鍮色《しんちゅういろ》の雲が太った女のような格好で空に浮かんでいる。今日はまったくみじめな日になりそうだった。あたりの建物は、まるで一晩でいっぺんに二十歳も年をとってしまったかのようにくすんでいる。

彼はまず留守番電話サービスに電話した。相変わらずヴァーバーからのメッセージは何も入っていない。

二、三分後、事務所の中を歩き回っていると、電話が鳴った。

「今朝は一言も口をきかなかったわね」ノラの声だ。電話を通すと面と向かっているときよりも幾分細く、甲高く聞こえる。「これからはもうやめてよね。いったい、あなたには奥さんが何人いるっていうの？」

「今朝は君のほうが俺と話したくないんだと思ったからさ」彼は弁解した。「ゆうべはたっぷり話したし、もし君が今朝仲直りしたかったのなら、そっちから切り出すべきだったんじゃないのかい」

「私はそうするつもりだったわ、だけどあなたったら、今朝は目玉焼きを二個焼くかどうか聞く前に、もう服を着て家を出ていってしまったじゃない」

「その点はそうだ、俺が悪かったよ」と彼はあっさり認めた。「ほかに変わったことはないかい?」

「いいえ何も。朝御飯はあのマックファーランドでしょう?」——クレインたちが住んでいるアパートの角を曲がったところにあるカフェテリアのことだ——「コーヒーを六杯も飲んだりして」

「四杯だよ」彼はため息をついて言った。「コーヒーの飲み過ぎはよくないなんていうお説教は聞きたくないな」

「お医者様もそう言ってるでしょ、スティーヴ」

「保険会社の医者なんてどいつもこいつも間抜けばかりだよ、君だってよく知ってるだろう」そして彼は巧みにこうつけ加えた。「だけどノラ、もし君がこれから先、七週間、タバコをやめるっていうなら、俺もコーヒーをやめてもいいぜ」

「朝っぱらから私の妊娠のことを持ち出すなんて本当に嫌な人」彼女が応酬した。「そういう人とは結婚しちゃいけないって、母が昔よく言ってたわ」

「オーケー、それじゃ俺たちは仲直りできた訳だし、電話を切って、これから仕事にとりかかるとするか」

「わかったわ」しかしノラはまだためらっていた。「その後ベンの消息はつかめたの？」

「いいや、まったくわからない」

「ねえ聞いて、やっぱりベンはミリーと厄介な子どもたちに嫌気がさして逃げ出したんじゃないかしら。あんな子どものことしか頭にない人に、どのくらい我慢できると思う？」

「そうだとしたら、俺に連絡をよこしてもいいはずだ」クレインは言った。「実のところ、かいもく見当がつかないんだ。とにかく何か動きがないか調べてみるさ。昼飯は帰って食べるよ」

それから二言三言話してから、クレインは電話を切った。受話器を戻すと、すぐにまた電話が鳴った。

「おはよう、スティーヴ」このなめらかな声はトム・ピゴットだ。金銭にがめついこの私立探偵は、今朝は何やら機嫌がよさそうだった。「あんたから引き受けた仕事だが、新たな展開があってね」

「ああ、それで」

「今、要点だけ話して、後で報告書を送るってことでいいかな?」

「正副二通の報告書を暗くなる前に届けてくれ」

「まったくあんたは人使いの荒いボスだな、スティーヴ。だが、報酬をそっくりくれるんだから、それも仕方ないか」

「あんたに報酬を多く払いすぎてるんだから、その顔に一発お見舞いする権利くらいはあるだろうな」とクレインも元気よくやり返した。「昨夜、何があったんだ?」

「そうだ、うちの事務所の者に、レンホフが仕事が終わったあと、尾行させたのさ」

「レンホフ――ああ、そうだったな」

このところその男の名前を忘れていた。ハーバート・レンホフは、内気そうな外見の男だが、ブロードウェイ三十丁目のメーシー・ギンベル区域からさほど遠くない場所にある大きなデパート、コートレーズ・デパートで、すでに二万ドル以上の計画的な横領を行なった容疑がかけられていた。その横領した金をどうしたかを証明できていれば、今頃この男は裁判にかけられているはずだったのだ。

「レンホフのやつ、初めはいつもと変わりなかったそうだ」トム・ピゴットは話し出した。「六時十分に帰宅してから、七時四十分に飯を食いに出かけてる。戻ったのは八時十九分だ。九時十一分に外出し、いわゆる淫売宿《いんばいやど》にしけこんだそうだ。そこできっちり二十ドル払ってる。何ならやつが指名した女の名前と人相とそれから――とにかくまとめて教えるよ。うちのやつは徹底して仕事をやるからね、スティーヴ」

「そうじゃなければあんたはクビだよ」クレインはいかめしい口調で言った。「レンホフはそれから家に帰ったのか?」

「十時四十分に帰宅してる」トム・ピゴットはいつもの人当たりのいい調子に戻っていた。「それから夜はずっと家にいたそうだ」

「おまえさんも、ずいぶんやすやすと百ドルをものにしたもんだな」クレインはため息をついた。「レポートは送ってくれ、それから今晩は見張りを二人つけてほしい。行く先々でレンホフがいくら遣ったか記録するんだ。総額がやつの給料を超えていたら、週末には横領について結論が下せるだろう」

「わかったよ。それからスティーヴ、できたら今日小切手を切ってくれると嬉《うれ》しいんだが。未払いの請求書をきちんと整理しておきたいもんでね」

「今日一枚送るよ。あとは明日だ」

クレインはそれから何も言わずに電話を切った。

しばらくぼんやりとベンのデスクを眺めていたとき、何かがいつもと違うのに気づいた。昨日事務所を出たとき、大きな黄色いメモ用紙に走り書きをしてベンのデスクに残していったが、そのメモが消えていた。

クレインはきれいに掃除した床を調べてみた。何もない。ごみ箱も空っぽだ。

ベンが夜のあいだに戻ってきてメモを持っていったように見える。だが、この考えはまったく意味がないように思われた。

ベンは何かを探しに来て、そのついでにメモを持ち帰ったのだろうか。この考えの方が的を射ているように思える。

クレインはもう一つのデスクのところまで歩いていって、鍵《かぎ》を入れ、一番上の引き出しを開けてみた。そこには荒らされた形跡はなかった。そして二番目の引き出しから黄色い用紙に書いた彼のメモが見つかった。つまり、昨夜誰かがここに入ってきたのだ。だが、引き出しのほかの部分は荒らされていなかった。一番下の引き出しもほかと変わりはないだろう。

ところが、そうではなかった。ベンのアドレス帳が消えている。薄い、小さなルーズリーフのノートで、ベンがひそかに狙《ねら》っていた女の名前と電話番号が書いてあったあのアドレス帳がないのだ。

あるいは、ベンが昨夜戻ってきて、そのノートを持っていったのかもしれない。しかし、そんな行動は彼らしくなかったし、第一そんなにこそこそする理由が見あたらなかった。

だがこの前、引き出しを調べた時、アドレス帳の名前と連絡先を控えておいてよかったとクレインは思った。念のための予防措置があとあと役に立った訳だ。ベンは明らかにその中の一人に興味を抱いていたらしい。クレインの望み通りに、彼女達から協力が得られれば、ベンを見つけるのはそう難しくはないだろう。

自分のデスクからアドレス帳の控えを取り出しているところへドアが開いた。振り返ると、そこにミリー・ヴァーバーが立っていた。

「入ってくれよ、ミリー。今までによく来てただろう」

「ええ、でも一人で来たことはなかったわ」ようやく後ろ手にドアを閉めながら、ミリーはそっけなく答えた。「私が子どもたちをほっぽり出して、道路で遊ばせてるなんて思わないでね。あの子たちは今学校なんだけど、十二時に迎えに行ってお昼を食べさせて、また学校まで送り届けなきゃいけないの。ジェリーは三時に私が迎えに行くのを嫌がって、いつも一人で帰ってくるわ。だけどジンジャーは違うの。だから私がいつも送り迎えしてやらないとね。気をつけていないと、子どもに何が起こるかわからないでしょ」

今、クレインにできる質問はただ一つだけだった。「子どもたちは大丈夫なのかい？ ベンがいないってことについてさ」

「ジンジャーはしょっちゅうパパのことを聞いてくるんだけど、ジェリーはそれほど心配してないみたい。ジェリーは風邪を引いているらしいんだけど——前にも言ったわよね？——かかりつけのお医者さんは心配いらないって」

クレインは、教会の祭壇に進む花嫁のようにゆっくりと歩く彼女を見つめていた。彼女もかつては美しい花嫁だったのだ。巷《ちまた》でよく見る花嫁達よりずっと綺麗《きれい》だった。はかなげな容姿に、いつもおしろいをうっすら刷《す》いたように見える肌の色。内気で、ＩＢＭの電話交換手をして生計を立て、大学に行かなかったことに常に引け目を感じていた。彼女が結婚したばかりの頃の最大の野心は、夫のベンに文学士号を取らせることだった。

だが最初の子どもが産まれると、彼女はすぐにすべての野望を捨て去り、母親業に全力を尽くすようになり、ほかのことは二の次になってしまった。以前のように着るものにかまわなくなったし、顔に合わない眼鏡をかけていても気にしなかった。だが、彼女は子どもたちが通う公立学校のＰＴＡの書記を務めていたし、たとえ一秒と言えども、ジェリーとジンジャーがより楽しく過ごせるためなら、どんなことでもやってのけたろう。

ベンのデスクに近づくと、彼女は掌《てのひら》でガラスの表面をそっと撫《な》で、夫がいつも座っていた椅子《いす》をじっと見つめた。それから向きを変えると、クレインの右手にある来客用の椅子に腰を下ろした。

「あの人が何も言わずにこんなに長く家を空けたことは一度もなかったわ」ふいに彼女が

言った。「今までのあの人だったら、こんなことはしなかったと思う。きっと何かあったのよ」

「そうかもしれない」とクレインも認めた。「でも確かにそうだとも言い切れないんだ」

「スティーヴ、もしあの人に何か起きたって思っておかなかったら、あとあと腰を抜かすことになって、自分じゃどうしようもなくなっちゃうから。私の言ってることわかる？」

彼はうなずいた。ミリーがベンがいなくなった悲しみに耐えられないと言うのは当然のことだろう。ところが、彼女は深く息をつくと、こんなことを言い出した。

「この先収入の見込みがないのよね。そしたら子どもたちはいったいどうなると思う？あの子たちが十四歳になったら働きに出すなんて私は嫌よ。私はそうやって生きてこなきゃならなかったけど、子どもたちには私と同じような目には遭わせたくないの」

クレインは指先をこすりあわせながら、じっと見つめていた。だが過去のそのつらい時期がなかったら、彼女が今持っている芯《しん》の強さというものは存在しなかっただろう。それに、どんなに愛していたところで、ほかの人間を人生の苦しみから完全に守ることは不可能なのだ。だが彼女にそう言う代わりに、彼は肩をすくめただけだった。彼女と一回り違う年齢の女性でもそうなのだから、まして二十九歳の彼女にとってそれはとうてい理解できないことだった。どんなに頑張っても子どもたちを守るには限界があるなどと言おうものなら、彼女はさぞかし動転するに違いない。

クレインは優しく尋ねた。「俺に何かできることはないかな?」

「スティーヴ、まずはっきりさせておきたいんだけど、もし最悪の事態が起こった場合、会社のベンの持ち分をあなたに買い取ってもらえないかしら。ジェリーとジンジャーの面倒をみていくんだから、どこから収入が得られるのか知っておきたいの」

ミリーのこの発言に、クレインは驚きのあまりあんぐりと口を開けたまま、その場にしばらく座り込んでいた。それから気を取り直して言った。「もしベンに何かが起こっていたら、ベンの取り分は君に支払うよ。二万から三万ドルくらいにはなるんじゃないかな」

「ちょっと思ったんだけど」ミリーは両手を握りしめ、クレインのほうへ身を乗り出している。「復員軍人庁に申請したら、恩給がもらえないかしら? だってほら、ベンは軍隊にいた訳だから、埋葬費用はもらえるはずよね。遺族年金として月に十ドルも入れば、それを子どもたちのお小遣いに回せるでしょう」

「ミリー、まだ何かが起きたのかどうかわからないのに、君はもうベンを死人扱いして、想像の中で墓に埋めちまおうっていうのかい」彼はさらにつけ加えた。「それにこういう場合、復員軍人庁がどう対処するか、俺にはまったく知識がないんでね」

「子どもたちがもらえるお金は、一ペニーたりとも失いたくないのよ。これからベンの保険会社の人と会う約束をしてるの。午後、あの子たちを学校に送っていったら、すぐに話をするつもりよ」

クレインの声が思わず大きくなった。「ミリー、金が要るなら言ってくれ。あとでベンから返してもらえばいい。ベンだって異存はないと思うよ」

「今すぐにという訳じゃないんだけど、今週、もう少ししたら」ミリーは言った。「あなたが貸してくれたお金はベンの取り分から差し引いてもらって、もし——そうね、ほかに方法はないわ。あの人きっと何かに巻き込まれたのよ」

「ミリー、はっきりしたことがわかるまでは、そんなふうに決めつけないほうがいい」

電話が鳴った。「ちょっと失礼」と言って、クレインは受話器を取り上げた。

そして、「はい」と答えた。もしこの電話の相手がベンだったらさぞかし苛立《いらだ》っていることだろう。ベンは電話をとると、挨拶《あいさつ》は省いて、「クレイン&ヴァーバー事務所です」と答えていた。「そのほうが探偵事務所らしい」と彼は言うのだ。「それに時間の節約にもなる」。それに対してクレインは、そんなにわずかな時間を惜しまなくても、五セントもかかる訳じゃなし、と穏やかに反論していたものだった。

「フィルだ」というしゃがれ声が聞こえる。巡査部長のフィル・ハリソンだ。「あれから、ベンについて何も知らせてこないとはどういう訳だ？　のぞき屋——いや、私立探偵ってのは、必要がなけりゃ警察で同じ釜《かま》の飯を食ったやつにも電話の一本もよこさないのか？」

「特に報告できるようなネタがなかったんですよ、それに」クレインは用心しながらつけ加えた。「ベンの妻が今ここに来てるんですが、彼女もよく知らないようなので」

「ほう、つまり言いたいことはあるが、ミリーには聞かせたくないという訳だな？」

「まあ、そういうことです」

「何か悪い知らせでもあったのか？」

「いいえ」

「もしどこから見てもいい知らせだっていうなら、おまえはとっくにミリーに話して、彼女は家に帰って洗濯でもしてるだろうからな。ベンから連絡は？」

「それが、正直なところ、どうだかわからないんです」

「誰かから連絡はあったが、それがベンかどうかはわからない、そうだろう？」

「正解です。テレビのクイズ番組にでも出たらどうですか」

「賞金がたっぷり稼げるだろうな、確かに」ハリソンは穏やかに答えた。「だが警察官を辞めてまでやりたいとも思わん。うちのかみさんは俺を変人扱いしてるがね」

「奥さんがそう思うのも無理ないですよ、フィル。ほかに何か？」

「おまえに接触してきたやつのことだがね。何かメッセージはあったのか？」

「残念ながら、ありませんでした」

「何か持っていかなかったか？」

「今、それを言おうとしてたんです。俺のじゃありませんが、アドレス帳がなくなってます」

「誰かがベンのアドレス帳を盗んでいったが、そいつが誰だかわからないと」ハリソンがうなるような声を立てた。「よし、何となく事の成り行きが見えてきたぞ。だが、まだどっかから石油を掘り当てなくちゃいけない気分だな。それをやれるのは私立探偵だけだろうよ」

「情況がちょっと普通じゃないんです」

「おまえから何かを聞き出すのも容易じゃないよ。昨日、ネッド・ヴァン・レンセラーのところに行ったんだろう。収穫はなかったらしいが」

「ありがたいことにね」クレインは、スキーをやっているときの自分の失敗話ばかりして、非業の死を遂げた人々の遺体にはあまり注意を払わない、あの死体保管所の係員のことを思い出した。「今日またあそこに寄ってみるかもしれませんが、でも、あまり期待は持てませんね」

「ベンの友達には当たってみたのか？」

「一人だけ。あなたのお仲間は——僕も知り合いですが——相当遊び回ってたようですね」

「どういうことだ？」

「ぼくらの知り合いは青ひげみたいなやつだってことです」

「どうしてもっと早くそれを言わなかったんだ。昔からその手の犯罪なら詳しいのに」ハリソンが笑った。まるで、オーブンのなかで焼かれる生肉のような音だった。「青ひげと言ったって、女をバラした訳じゃなく、大勢ナンパしたってことだろう」

「そういうことです、知ってる限りでは」クレインはミリーに視線を移した。彼女にはクレインが何を話していたのかわかっていないらしい。あるいは、自分の心配事で頭がいっぱいで、彼の言葉が耳に入らなかったのかもしれない。

「実は今日電話したのはだな、スティーヴ、おまえに知らせたいことがあったからなんだ」

「それを早く聞かせてくださいよ、気をもたせないで」

「単刀直入に言うと、失踪人《しっそうにん》の報告書が届いたんだ。おまえも興味を持つだろうと思ってさ」

「要点だけ教えてくれませんか」

「ジュリエット・ギブソンという行方不明になってる娘についての報告書だ。ロミオとジュリエットのジュリエットに、酒のギブソン。年は二十八、髪は淡い金髪で職業は薬剤師だ」

「最後の点はちょっと変わってますね」ベン・ヴァーバーのアドレス帳の控えを繰ってみると、ジュリエットという名前とマンハッタン交換局の電話番号がそこに記されていた。

「それがベンの件と何か関係があるんですか?」

「彼女はベンという名前の男と会ってた。だがその男の姓までは情報提供者もわからんそうだ。ジュリエット・ギブソンが失踪したのは昨日の夜だから、まだ情報があまり集まってないんだ。だが調べてみたほうがいい、ベンと一緒に消えた可能性もあるからな。用件はそういうことだ」

「ジュリエット・ギブソンが行方不明だと届け出たのは誰なんです？」

「トリー・ダイアモンドという名前の女友達だ。綴《つづ》りはT―O―R―Iだな。失踪者捜査部に届け出るためにニューヨーク市に出てきたんだ。彼女は州北部のレイデールにある不動《リアル・》産《エステイト・》活用《パッケイジング》社という会社で働いてる」

「会社の名前もなんだか変わってますね」クレインは、ベンのアドレス帳のコピーを確認したが、「トリー」という名前はそこには載っていなかった。「これから調べてみますよ」

「スティーヴ、結果をちゃんと報告しろよ。これはもう正式な捜査と同じだ。警察を出し抜こうったって、そうはいかないぞ」

「お願いですから、そういじめないでくださいよ」これから先、何日間かベンの女友達を全部調べてまわらねばならないのだろうかと考えながら、クレインは受話器を置いた。ベンが、かつてアイリス・シャフテルに言ったように、この女性薬剤師にも「大きな事件を追っている」と言って近づく様子が想像できた。だが、女と浮気するのと、女を連れて逃避行の旅に出るのとでは天と地ほどの差がある。ベンはそんなことをするはずがない。

「これから仕事で出かけるけど、君は好きなだけここにいるといい」と彼は言った。「上のロックを外側から押せば、自動的に鍵《かぎ》がかかるようになってる。わかるかい？」

「ええ、もちろん」ミリーはおとなしく答えてからベンのデスクの上の電話を指差した。「電話をお借りしてもよろしいかしら？」

「おい、ミリー、やめてくれよ！」客用の椅子《いす》に座っているミリーのほうを向くと、彼女は視線を落とし、その身体《からだ》は風が吹いているかのようにかすかに揺らいでいた。だが、ミリーはどんな困難にも負けない母親としての強さを持っていることをクレインは知っていた。「ここにあるものは好きなように使っていいよ。これからはそんな他人行儀な口のきき方はよしてくれ」

「ＰＴＡの会長に電話したいの。保険会社の人と会わなきゃならないから、午後のミーティングには出られないって。でもあなたに迷惑はかけたくないのよ、スティーヴ。絶対にね」

「わかったよ」と答えて、彼は事務所を出ていった。

第二部　ジュリエットの本当のロミオ

8

ハーバート・レンホフは女性客の前でお釣りの紙幣を数えているところだった。

「これで二十ドル」数え終わると、彼はぴかぴかに光るカウンターからその柔らかな手を離した。

切れ長の眼の女性客が指摘した。「二ドル足りないわよ」

「もう一度数えてみます」レンホフは紙幣を引き戻そうとしたが、女性が先に取って正しく数え直した。「これはミセス・ハークネス、ご指摘いただいて助かりました」

そしてこれ見よがしにレジから二ドルを取り出してお釣りに加えた。

客が立ち去ろうと背中を見せると、レンホフは少なくとも俺はやってみたんだ、という意味を込めて、フランス人風に肩をすくめてみせた。頭上の鏡には――コートレーズ・デパート内には「店内には防犯ミラーが設置してあります」と小さく掲示されていた――風采《ふうさい》の上がらないハーバート・レンホフの姿が映し出されていた。

一七〇センチそこその身長に、髪と眼はいずれもネズミ色。肌は日焼けマシーンでうっすらと焼けている。焼きすぎて真っ黒になってしまい、その週のあいだずっとプエルトリコ人に間違えられたこともあったが、今ではうまく使いこなせるようになった。黒っぽいスーツに同色の地味なデザインのネクタイ、だがその裏側を見ると――もちろん鏡には映らない訳だが――ブロンド娘のヌードが描かれている。レンホフは毎日仕事に行くときには裏にヌードが描かれたネクタイをすることにしていた。ネクタイピンはつけないことにしている。

声をひそめて口笛を吹きながら、彼は急いでカウンターの向こう側に回り、レコードの積んであるところへ静かに歩み寄った。エラ・フィッツジェラルド（米の歴史的有名な女性ジャズ・シンガー）の『シングス・コール・ポーター・ソング・ブック』というアルバムを取り出すとレコード・プレーヤーにかけた。電源を入れようとして、ふと上司のパーシーが通りかかってこれを聞いたら、と考えた。コートレーで売られている音響装置を宣伝するために流されている港の音がするBGMをかけていないということで、ひとくさり説教されるのは間違いないだろう。だが、まあいい、パーシーに見つかるまでは気にしないことだ。

「残念ながら、ミス・オーティスは」と彼は歌を口ずさんだ。声を精一杯ひそめている訳でもない。「お食事にはご一緒できません」

考えてみれば、実のところ、ある意味ではその音楽の好みが彼自身を横領に向かわせる一つのきっかけになったと言えるかもしれない。

ある丸顔の男がロックのレコードを買いに来たことがあった。そのとき彼はつくづくこんなうすのろを相手にしなければならないことに嫌気がさしたのだった。彼は少し横柄な態度で接客し、そして釣り銭の一ドルをごまかすことができたのだった。

「よし」金をしまい込みながら、彼は自分に言い聞かせた。「あいつにはこれで十分さ。あんなゴミを買うやつなんぞ、サービス料を支払うべきなんだ」

初めは、時間つぶしのためのゲームに過ぎなかった。ロックのレコードがあまり売れないときには、ダンス・ミュージックも大嫌いなレコードのリストに加えた。そのほとんどは内容が下劣で聞くに値しない音楽であり、店頭で売られるべきものではないのだと。さらに彼はプログレッシブ・ジャズもくだらない音楽だと決めつけるようになった。なぜなら、あれはどう考えても大量生産されたゴミに過ぎないものであり、本物のニューオーリンズ・スタイルにははるかに及ばないものだったからだ。後から思いついたのだが、レナード・バーンスタイン（米の指揮者・作曲家。ニューヨーク・フィルハーモニー管弦楽団の音楽監督）があんなに売れるのも、彼のテレビ映りがいいからであって、決してその偉大な音楽が好まれているからではないのだ。コートレーで買い物をするいかさま野郎は、レンホフが考えるところの堕落した娯楽のために関税を払っているという訳だ。

金が貯まり始めると、レンホフは新しい服と車を手に入れた。フォルクスワーゲンやランブラーが並ぶ従業員専用駐車場にビュイックを停めるのは、ぞくぞくするような快感だった。最近では金をくすねるテクニックも上達してきた。まるで客が釣り銭をチップとして置いていかないことを恥ずかしく思わせるように、わざと横柄でぶっきらぼうな態度をとるのだ。たいていの客は彼の態度に腹を立てはするものの、別に失礼なことを言った訳でもないので黙っていた。そして腹を立てているため、釣り銭をごまかされていることにあまり気づかなかった。先ほどの女性客のように気づかれた場合には、彼はすぐに謝り、きちんと釣り銭を返すのだった。

だが、彼の商売に翳《かげ》りが見え始めた。彼にはどうしようもなかったのだが、客の多くがクレジットカードやそのほかのカードを使うようになったため、手に入る現金が少なくなってきたのだ。

何かいい方法はないものかと二カ月近く考え込んだ末に、レンホフはついに答えを見つけた。金は店のものになるのだから、彼の臨時収入は店からとるしかないのだ。それをやり遂げるために、彼はいくつかの方法を考え出した。

それが安全な方法ではないことはわかっていたが、彼は安全という問題についてはそれほど気にしていなかった。何より彼には臨時収入を得る権利があるのだ。考えてみれば、この店を経営している貪欲な連中のために彼は一日八時間半働いて、一週間の手取りはかっきり九十五ドル三十八セント。自分のような素晴らしい人間に支払われる給料としては実にふざけた値段ではないか。

金を手に入れるため、彼はいくつかの方法を編み出した。時には、客の銀行預金から勝手に引き出したり、レジ用に用意した小銭を盗んだりもした。小切手の金額を書き換えて差額を自分のものにしたこともあった。七人の客に商品を半額で売りつけ、その売り上げを計上しないでおいた。

彼の言うところのこうした「多角化経営」により、レンホフはほしいだけの金を手にすることができるようになった。ビュイックを新車に買い換え、非常に金のかかる趣味も始めた。それは純粋に彼自身のための楽しみであり、決して他人に見せびらかすものではなかった。同僚を家に招いて見せてやりたいとは思ったが――。

「レンホフさん」と柔らかく呼ぶ女の声がした。

その娘はカウンターの隣にある、広告にも載っていない特別商品の――それは正規の値段では誰も買わないようなレコードだったのだが――ディスプレイのところに立っていた。彼女はレンホフより頭半分ほど背が高く、髪はきらびやかに細く流れる金のようだ。そのスタイルを見れば、通りかかった男は口笛を吹かずにはいられないだろう。自分が第二次世界大戦中にヨーロッパで従軍していた頃には、この娘はまだ産まれてもいなかったのだ、とレンホフは時々考えて驚くことがあった。

「何だい、アンジェラ?」彼は微笑《ほほえ》んだ。「社員割引で何か買うつもりなの?」

「いえ、違うの」アンジェラ・ブルースは慌てて答えた。彼女はイギリス風のアクセントで、母音を柔らかく、低く発音する。「レコードを買う前に、ちょっと試しに聴こうと思って。勤務中だと時間がないものだから」

「救急用品のコーナーの景気はどう?」レンホフはのんびり尋ねた。救急用品のコーナーというのは彼女が働いている売り場だ。

「すごく刺激的」アンジェラは皮肉たっぷりに答えた。「コートレーの救急用品の売り場で働いて週給手取り六十八ドルもらうためには、はるばるイギリスのスウォンジーからアメリカへやってくる価値があるわね。まったくどうして、ここには御用組合じゃない本当の組合がないのかしら?」

「いや、そう悪くはないさ」ネクタイのあたりを軽く叩きながらレンホフは言った。「いいかい、アンジェラ、ここはチャンスの国なんだぜ。アメリカでは金を稼ごうと思ったら、できるんだ。男でも、そしてもちろん女だってね。だけど、ただぼーっとしているだけじゃ駄目だ。ぜったいに稼いでやろうって気にならなきゃ。アンジェラ、そうすれば必ず夢は叶《かな》うのさ。ただ、私に言わせれば、世の中にはもっと大事なことがたくさんあるとは思うがね」

「あなたの場合はうまくいったかもしれないけど、レンホフさん。だけど私の場合は本当にどうしようもない、くそいまいましい《ブラディ》有り様なんだから」

アンジェラは、レンホフがずっと前から気づいていることだが、アメリカ人をびっくりさせようとしてわざわざイギリスのスラングを使うのだ。アンジェラはイギリス南部の町スウォンジー出身で、ニューヨークで生活している。普通にしゃべっていても訛《なま》りが出てしまうものだが、彼女はそんなことも大して気にしてはいないようだ。「アンジェラは」と詩心のある店員が言ったことがある。「永遠にイギリス的な女の子だからね」

「レンホフさん、お願いがあるんだけれど」彼女が静かな声で言った。

「ハーバートでいいよ」

「ねえハーバート、こういうことなの。あなたが何をやっているのか、よく知らないほうがいいとは思ってるのよ。あなたはいつも素敵な車に乗り、高そうな服を着て、すごく幸せそうよね。あなたと私のお給料に特別大きな差はないはずなのに」

「私は勤めてもう長いからね」

「それでもやっぱり、コートレーで売り子をやっていたら限界はあるわ。そりゃ、もしかしたらあなたは手取りで九十ドルか、百ドルくらいもらってるのかもしれない。でもね、それだけじゃあなたがどうしてそんなに贅沢《ぜいたく》な暮らしをしてるのか説明がつかないと思うの」

レンホフはポーカーフェイスで装った。「本当はずいぶんクレジットで買ってるんだがね」

「ハーバート、私が言いたいのはあなたに何か別の収入源があるんじゃないかってことなの。今の仕事以外に、少なくとも一つは副業を持ってるはずよ。よかったら、私にそのアルバイトを紹介してくれないかしら」

「アンジェラ、話すことなんて本当に何もないんだよ」

「それに、同じアルバイトをしてるのはあなた一人じゃないんでしょう。もっと言えば、同じ会社で働いてる人がほかにもいるわね」

「どういうことだい?」

「ハーバート、お願いだから私の言っている意味がわからないふりをするのはやめて！　あなたがあの大きな車で出ていくのをこれまで何度見たことか！　この二週間のあいだだって、あなたの車のあとを別の車がヒルみたいに尾けて行くのを何度も見たわ。私が知りたいのは、どうやったらあなたと同じにやれるかってこと。私はよく働いてると思うし、パーシーさんだってそれは認めてくれている。あの人は誰にでも優しい言葉をかけるような人じゃないのに」

「ちょっと待ってくれ」心臓の鼓動が激しくなってきたが、それでもレンホフはやっかいなことに巻き込まれたとはまだ思っていなかった。

「ほかの車が私を尾けてるのを見たって言ったね?」

「そうよ。古ぼけた車でね。きっとあなたほど長く副業もしていないし、あなたほど稼いでもいないんだと思うわ。その人のことよく知らないから話しかけもしなかったけど、あなたが出かけようとするときにはいつもその人も車に乗ってたわ」

レンホフは激しい焦りを感じた。様々な感情が心の中に浮かんできた。その中に恐怖や不安といった感情がないことに、レンホフは驚いていた。以前、志願兵としてドイツのある橋を爆破する作業に加わったことがあったが、その橋に近づいたときのあの敬虔《けいけん》な感情がよみがえってきた。まるで、オルガンが鳴り響く古い教会に入っていくときのような、あの感じ。

「本当のことを言うよ、アンジェラ」ついに彼はそのことを口にした。「副業を持ってるのは事実なんだが、ほかの人には黙っててもらいたいんだ。それじゃあこうしよう、私からその仕事のボスに話して、君にも仕事を回せないかどうか聞いてみよう。一週間待ってくれれば、結果を伝えられると思うよ」

「それはどうもご親切に」彼女は親しげに言った。「決してあなたに後悔はさせないわ――バーティ」

そして彼女はレンホフにウインクすると、救急用品の売り場に戻っていった。

以前は、彼女をベッドに連れ込むことを夢想したものだった。だが、今、彼の頭にあるのは別のことだった。デパートから依頼された誰かが自分の犯罪の証拠をつかもうとしている。コートレーでの横領の事実を探し出そうとしているのだ。

今晩、仕事を終えたとき、何が起こるか注意してみていよう。その後は、そう、そいつとの知恵比べが始まるだろう。レンホフはすでに、金がかかる自分の趣味のことが頭に浮かんでいた。相手をまくつもりなら、その趣味が大いに役立つはずだ。

そしてもちろん、彼はそうするつもりだった。

9

スティーヴ・クレインがレイデールに着いたのは午後一時半を回った頃だった。巨大なショッピング・センターを通り過ぎ、小さなガソリンスタンドまで来ると、ニューヨーク州最大の地方都市へようこそ、という風雨にさらされた標識が目に入った。

しばらく車を走らせると、芝生を短く刈り込んだ二階建ての家々が見えてきた。妻が言っていた「郊外ゴシック様式」の建物だ。「まるで派手なお棺みたいなのよ」とノラは言った。「私はまだ死ぬ気はないけれど」

メインストリートから半ブロックほど行ったところで、クレインは車を歩道寄りに停めた。今までかけていた治療用のサングラスを外し、再び眼帯をかけた。昼間の運転中は眼帯をかけないことにしているのだ。車の後ろの座席に『ポリス・サテライト』三月号を置いてあるのを確かめると、彼はにやりと笑った。駐車違反のキップを切られないようにする唯一確実な方法は、警察の雑誌を車の中に置いておくことだ。数年間警官として働いた経験から、交通違反の取り締りなんて、しょせん資金調達のためのインチキに過ぎないことを知っていたから、ニューヨークの警察を出し抜くのに何のためらいもなかった。レイデール警察にしたところで、ニューヨークの連中と大した違いはあるまい。

ラジオを切ると、車のドアをロックし、メインストリートのほうに向かって歩いていった。陽が差し始め、どうやら暖かい一日になりそうだった。

不動産活用《リアル・エステイト・パッケイジング》社はメインストリートに面した自社ビルで、屋根に傾斜をつけた一階建てのクリーム色のレンガづくりの建物だった。丸いガラス窓から室内の蛍光灯の明かりが見える。

建物の中から出てきた太った女のためにドアを開けてやってから、クレインは中に入った。踊り場には半ダースほどの椅子《いす》に冷水器、二階建て住宅の写真や衝立が並んでいる。

柔らかい女の声がした。「いらっしゃいませ」

「ミス・ダイアモンドにお会いしたいんですが」

「私がミス・ダイアモンドですが」

トリー・ダイアモンドは衝立の向こう側にある小ぎれいなデスクに腰かけていた。彼女の何が近寄りがたく感じさせるのかわからなかった。彼女の鼻はクレインの好みより少し長すぎたし、その唇は小さすぎた。攻撃的に突き出たそのあごは、女性の容貌《ようぼう》の中でクレインが我慢できない――そんなに数多くはないが――ものの一つだった。彼女はクレインの好みよりやや痩《や》せているし、背もおそらくかなり高いのだろう。

だが奇妙なことに、クレインは彼女からなかなか目を離すことができなかった。トリー・ダイアモンドの胸元は実にセクシーだ、と彼は思った。茶色のやさしい眼は、彼女の中では最も魅力的に見えた。髪は漆黒で、まっすぐ後ろに撫《な》でつけ、それ以外はいっさい何も手を加えていないように見えた。綺麗《きれい》な女だと言っていいだろう。

この目の前に座っている女はおそらく、カジュアルに着こなすためにはどんな手間も惜しまない、かなり着るものにうるさいタイプなのだろう、とクレインは思った。以前、技を隠す技――能ある鷹《たか》は爪《つめ》を隠すとでもいおうか――について書かれたものを読んだことがあったが、目の前にいるこの娘もそういう考え方の持ち主なのかもしれない。

「少しお時間をいただけませんか？」

「ええ結構ですわ」

クレインは衝立を回って、彼女のデスクの脇《わき》にある椅子に腰を下ろした。彼女はじっとクレインの動きを見守り、顔の造作の一つ一つを穴のあくほど見つめている。微笑《ほほえ》んだときの、薄く伸びた唇がなかなか魅力的だった。

「ミス・ダイアモンド、うかがいたいのは――」

そのとき内側のドアが勢いよく開き、男が飛び出してきた。太った、ゲジゲジ眉《まゆ》の男でしわくちゃの服を着ている。ブカブカの黒っぽいズボンの上に出したシャツが膨らんで、クリップで留めた蝶《ちょう》ネクタイは片側がずり落ちていた。

「トリー、デンプスター開発の新聞広告はどうなってる?」

「何が?」

「広告だよ、あの広告、トリー! あれは十分気をつけてやってくれって、今まで何回言ったと思ってるんだ? まだ地方紙に全然電話してないって言うんじゃないだろうな?」

「リアドンさん、私、何も聞いてません」トリー・ダイアモンドはメモ用紙に手を伸ばしながらよどみなく答えた。「締め切りはいつですか?」

「今日だよ、畜生! 今日の二時だ」

「それまでには何とかします」

「トリー、頼むからちゃんとやっておいてくれよ、俺にいちいち言われるのを待ってるんじゃなくてさ」

「新聞広告のことを何も知らされていなかったんです」とトリーは言い返した。「でも、間に合うように知らせてくれれば、問題なく終わらせますから」

「危ないところだった」

リアドンは急に頭をのけぞらせると、ドタバタと自分のオフィスに戻り、ドアをバタンと閉めた。

「愛すべき御仁ですね」クレインは皮肉に言った。

「やりにくい人じゃないんですよ」とトリーは言った。「ちょっと電話を済ませてしまってもいいでしょうか？　すぐ戻りますから」

「どうぞ、ごゆっくり」

彼女は微笑《ほほえ》むと、片手で電話のダイヤルを回しつつ、デスクの向こう側に置かれたファイルフォルダーにもう片方の手を伸ばした。

「バーンバウムさんですか？『ウイークエンド・クラリオン』に入れる広告、まだ間に合います？　まあ、よかったわ。ちょっとした手違いがあって、申し込むのが――」

クレインはそれを聞きながら、彼女が問題を処理していくのを見守っていた。電話を切った彼女にクレインは言った。「あなたって人は、朝までにデスクの上を片づけるために夜から出勤するようなタイプですね」

「あら、私はそんなワーカホリックじゃないわ」彼女は後ろにもたれかかり、ハンドバックの中のタバコに手を伸ばした。「うちの会社のことを聞きにいらしたんでしょう？　どんなご質問でもどうぞ」

クレインは彼女に微笑《ほほえ》みを返した。「私が今日ここに来たのはそれとは別の件のようなのですが、確かに興味はあります」

「それなら、会社内容を手短にご説明しますね。どなたか土地をお持ちの方に私どものサービスのお話をしていただくかもしれないのですもの。宣伝が行き渡れば行き渡るほど、私どもとしてはありがたいですから」

「あなた方のサービスを利用するには、まず土地を持っていることが前提条件になる、ということですね?」

「そのとおりです。仮に、あなたが四百平方メートルの土地を持っていて、森林を伐採し、建て売り住宅の団地を開発するとしましょう。そのたくさんある住宅の建築様式は植民地風《コロニアル》にするのか、モダンなものにするのか、田舎家風か、牧場スタイルか——どういう様式が世の男性にいちばん人気があるのか考える必要がありますね。奥様方をターゲットにするなら、床全体にカーペットを敷き詰め、食器洗い機や大きなキッチンを備え、部屋の間仕切りは部屋を大きく見せるためになるべく少ないほうがいいでしょう。夫婦両方の心をとらえたいなら、ロマンチックなムードのときに子どもたちに邪魔されないため、浴室付きの寝室を隔離しておこうと思うでしょう。場所は緩やかなカーブのある道沿いで、値段は一戸につき一万から二万ドル程度っていうところでしょう。その場合、まず最初にやる最も重要なことは何だと思います?」

「ここにやってくることでしょうな」クレインは言った。「もし答えが、自分の素手で何もかも建てること、というのなら、こんな仮定は最初から出さないでしょうから」

「もちろん、そのとおりですわ。完成見取り図や立面図を作成する段階から、その住宅の販売のためにオフィスを借りて人を雇うところまで、すべてうちにお任せいただければいいんですの」

「大量販売のプロジェクトですね」と言いながら、クレインはどうやって本題を切り出そうか考えていた。

「もちろん、相手にしているのは大衆市場です」トリー・ダイアモンドは熱っぽく答えた。彼女が吸っているタバコは左手の人差し指と中指のあいだで危なっかしくぶらさがっているように見えるが、決して滑り落ちることはなかった。「うちで扱っている開発は、最小でも三十五戸からですが、その費用はずいぶん安く上げてるんですよ。規定外の木材は使わないようにしたり、一つの通気口を二つの浴室で共有できたりするようにデザインしてるんです。もし二百戸あったとして、一戸あたり二十ドル節約できたとしたら、その差はばかになりませんから」

「そうでしょうね。実は、今日はもう少し個人的なことでお聞きしたいことがありまして」クレインは身分証明書を見せた。「あなたは失踪者《しっそうしゃ》捜査部にミス・ジュリエット・ギブソンが行方不明になったと届け出られましたね。そのことについてちょっとお聞きしたいんですが」

「結構ですわ、もちろん、あの——クレインさん」彼女は気軽に応じた。「ちょうど一休みしようと思っていましたの。リアドンさんにちょっと断ってきますね。そうすればもっとゆっくり話せますもの」

「リアドンさんが嚙《か》みつくようなことがあったら、私を呼んでください」

「彼は気にしませんわ」彼女が立ち上がった。クレインの想像通り、かなり背が高い。彼女はリアドンのオフィスまで足取りも軽く歩いていった。やがて何やら怒鳴り声が聞こえ、ドアが開くとリアドンが不機嫌な顔をのぞかせた。

「リアドンさん、私一時間ほど外に出てきますね」

「とっとと行くがいいさ」彼はまるで厄病神でも追い払うような口ぶりだった。「早く行っちまえってんだ。デンプスター開発で、どこにプールを造るか、哀れな千二百平方メートルの土地のどこに芝生を敷くか、この年寄りに全部押しつけてな。いつものように俺がすべてを処理すればいいんだ」

トリーはにっこり微笑《ほほえ》むと、身を翻して部屋の角にある外套《がいとう》掛けのほうに歩いていった。リアドンがクレインをぎろりと睨《にら》んだ。「あんたはあの女の彼氏か何かか?」

「ミス・ダイアモンドと仕事の話がありまして」

「仕事？　開発の話なら、彼女でなくて――」

「いや、不動産の件ではありません」クレインはできるだけリアドンの声を真似《まね》て答えた。「世の中には不動産業より重要なことが腐るほどありますからね……。用意はできましたか、ミス・ダイアモンド？」

ドアを閉める前に、クレインはリアドンのほうをちらりと振り返って見た。この不動産屋の社長は目を大きく見開き、だらりと口を開けて立ちつくしていた。まるで後頭部に斧《おの》の一撃を食らったようだ。


「リアドンさんに見事にしっぺ返しをしましたわね」会社から二ブロックほど離れた中華料理店に入ってから、トリー・ダイアモンドが言った。「いつもあんなふうなんですか？」

「しゃくにさわるやつに対してはそうですね」

トリーはメインディッシュに海老料理を注文した。まだ昼食を済ませていなかったのだろう。「ここの海老はとっても美味しいんですのよ」と彼女は言った。「海老をベーコンでくるんであって、信じられないくらいよく味が出てるんです」

「僕はもう済ませました」クレインも言った。「でも、ここの売り上げにつながるのならお茶とフォーチュン・クッキー（おみくじ入りの中華菓子）でも食べましょうか。それぐらいしかお腹に入りませんから」

「軽いものを注文しても、店の人は嫌な顔をしないと思いますわ」ウェイターが厨房《ちゅうぼう》へ引き上げたあとで、トリーは言った。「私立探偵さんはいつも強いお酒を飲むのだとばかり思っていたのに」

「この私立探偵は違いますよ」クレインは素っ気なく答え、彼女がテレビで観た私立探偵の話をしようとするのをさえぎった。そういう類の話はこれまでさんざん聞いてきたからだ。

「ミス・ギブソンがいなくなったとわかったのはいつですか？」

「彼女が私との約束に現れなかったんです。きのうの夜十時半のことでしたわ」

「あなたは冷静な女性だ」とクレインが言った。「それなのになぜ、ミス・ギブソンが何かの理由で遅れているとは思わなかったんです？」

「ジュリエットに限ってそんなことあり得ないわ。場所を決めてそこで会うと言ったら、彼女は必ずそこに来る人なんです。アスターの時計の下で待ち合わせをしたんですけど、三十分経っても現れなかったので、きっと何か大変なことがあったんだと思ったんです」

「何があったのか、調べてみようとしなかったんですか？」

「最初に彼女の家に電話しましたけど、誰も出ませんでした。それから職場にも電話してみました。ほら、彼女は薬局を経営してますでしょ」

「それは知りませんでした。店の住所はわかりますか?」

その薬局は西六十丁目の周辺にあった。あとでトリーが思いついて教えてくれたジュリエットの住所も同じだった。ジュリエット・ギブソンは毎日職場まで歩いて通っていたらしい。

「お店の人が言うには、ジュリエットはその晩店に来ていなかったって。私は友達に聞いてみて、もし何もわからなければ警察に連絡するって言いましたの。そして何人かの友達に当たってから警察に届け出たんです」

トリーのスープが運ばれてきた。彼女は不快な音を少しも立てることなくそれを平らげた。それだけでなく、そのあいだ中、ずっとクレインの話に興味を持っているという態度を崩さなかった。

「私からも一つ質問させていただけますか?」甘酸っぱいソースの添えられた海老料理が運ばれてきたとき、トリーが言い出した。「ジュリエットを捜しているのは何のためです?誰かに雇われてるんですか?」

「ベンという男と一緒だったと警察に話してましたね。僕はその男のことを知りたいんです」

「それでしたら、私はほとんどお役に立てそうにもありませんわ」彼女の声はここに来て今までよりぐっと緊張したものになった。「ジュリエットの話では、そのベンという男は、姓も住所も私わかりませんけど、初めは客として来ていて、それから彼女と親しくなったということです」

「二人は深い関係にあったと思いますか？」

「そうだったとしても、ジュリエットは何も言わないでしょう」

「何かお話しいただけますか、そのベンという男の顔かたちなど？」

「申し訳ないんですけど、本当に私、何も知らないんです。ただ、ジュリエットは、彼女が考えていることを自分より先にわかってしまう人だって言ってました。ちょっと信じがたい話ですけど、読心術でもマスターしているのか、さもなければ女性経験が豊富なタイプだったんでしょう」

「ベンについて話していたことはほかには本当に何もないんでしょうか？」

「あとは、ちょっとしたことばかり」

「それを思い出していただけませんか？」

「そうそう、商品を運ぶときに使う段ボール箱を一つもらえないかって頼まれたとか言ってましたわ。それを用意してあげたら、ベンは十五分くらいかけて外側のほこりをふき取っていたって。何かお役に立ちましたかしら？」

クレインは肩をすくめた。ベン・ヴァーバーは几帳面《きちょうめん》な男だった。だが、段ボール箱が綺麗《きれい》になるまで自分のものにしようとしなかった男が別人である可能性も否定しきれない。彼女の話からあまり情報が増えたとも思えなかった。

「ほかに何か思い出したことはありませんかね？」

「一度、ベンがジュリエットよりも早く約束の場所に来たことがあったって言ってました。私の知る限りでは、彼女はいつも約束の時間より五分早く来るんですけど」

ベン・ヴァーバーは時間に正確な男だ。だが、やはりこの場合もほかの男が一度だけ約束の時間より少し早く到着したということはありうる。

「ほかに何か？　彼の外見について彼女は何か話していませんでしたか？」

「今までお話したことぐらいですわ」とトリーは眉《まゆ》をひそめながら言った。「彼女がその人のことで話を持ち出したとき、私は手放しで喜べませんでした。彼女にふさわしくない人のように思えましたから」

「ジュリエットが本気で彼と駆け落ちした可能性はないでしょうか？」

「ニューヨークにあるものをすべて捨てて出ていったっておっしゃりたいんですか？」トリーの指が真っ白なテーブルクロスをめちゃくちゃに叩き始めた。「とても信じられないわ」

「ほんの数日、ベンとどこかに出かけたとは？」

「今までそんなことありませんでしたもの」テーブルクロスを叩くリズムが、怒りを含んでいっそう速くなった。「名前のように（トリーはヴィクトリアのニックネーム）、ヴィクトリア朝中期の旧式な人間だと思われたりはしたくないけど、私にはジュリエットがそんなことをするとは信じられませんわ」

「でも、決めつける訳にはいきませんね、しょせん男は男、女は女ですから」

彼女がいきなり右の拳《こぶし》を固め、一瞬その手が左側に見えたかと思ったら、頬《ほお》を打たれるのを感じた。なんとか身を引いて、力をまともに受けずにすんだが、今の動きで、彼女の黒いドレスにひだができているのが目に入った。

クレインは立ち上がった。「あなたって人はすぐかっとなるんですね」

トリーは手厳しくやり返した。「ああいう嫌らしい言い方をしたら、どんな女だって腹を立てるわ」

「誰かが話をしている時と色目を使っている時の区別もつかないのは、よほど体の調子が悪いんでしょう」クレインはぶっきらぼうに言い、彼女に向かって手を伸ばすと先ほどトリーがかすったのと同じ場所に触れた。それは柔らかく、すべすべしていた。「殴るのは勘弁してもらいたいな、トリー。この次までよく覚えておいてくださいよ」

クレインは立ち上がり、背を向けた。後ろで皿が床に落ち、砕け散る音がした。ドアのところまで行ったとき、キッチンから、がやがや騒ぐ声が聞こえてきた。

10

マンハッタンの西六十丁目にあるギブソン薬局にクレインが入っていくと、一人の少年が三角巾《さんかくきん》を買いにきていた。カウンターの後ろにいた男が売り切れだと告げると、少年はすぐ立ち去った。女性客がベビーフードを六瓶包んでくれるよう、店員に頼んでいた。

「これからスーパーマーケットに行くんだけど」と彼女は説明している。「そこでこれを盗んだと思われるといけないから」

その応対を終えると、店員はカウンターの上の処方箋《しょほうせん》に目を移した。この新しい客も主婦だが、彼の顔を値踏みするように見つめている。

「これは何の薬なの?」まるで医師を疑ってかかっているようだ。

「それは強壮剤です」愛想よく店員が答えた。「二八五ドルです」

「強壮剤一本が二八五ドルですって?」彼女はまるで一生かかって貯めた貯金を寄こせとでも言われたような口調で尋ねた。「ここに書いてあるのは特許医薬品じゃありませんか、ちゃんとした処方薬じゃなくて」

「特許医薬品はお値段が張るんですよ、クレバーさん」店員は滑らかに答えた。「もしご希望なら……すみませんが、ちょっとお待ち下さい」

最後の言葉はクレインに向けられたものだった。店員は店の奥に首を突っ込むと、大声を上げた。「サム！」新しい商品を上の棚にしまっていた、にきび面の少年が梯子《はしご》から降りてきた。「こっちだよ！　ゴールドマンのところへ行って、これがあるかどうか見てきてくれ」そしてそっとささやいた。「もしゴールドマンのところになければ、マンテルかフレンドマンの店に行ってくれ。今すぐだ」

処方箋《しょほうせん》に走り書きを添えたものを小さな手に握って少年が出ていくと、店員は前のカウンターまで戻ってきた。金髪で年は四十代というところ、結婚指輪をはめている。長い櫛《くし》とボールペンが数本、そのしみ一つない白衣の細い胸ポケットに収まっている。

「ギブソンさんはいらっしゃいますか？」気軽な調子でクレインが尋ねた。「こちらの経営者だとうかがったんですが」

店員は迷惑そうな顔をした。「申し訳ありませんが、ミス・ギブソンは、今こちらにおりませんので」

「いつ、いらっしゃるかおわかりですか？」

「明日でしたら。もし価格交渉の件でおいでいただいたのなら、お話をうかがっておいて、ミス・ギブソンが戻り次第ご連絡差し上げますよ」

クレインは身分証明書を取り出して相手に見せた。

「少しお時間をいただけませんか?」

「それじゃ、こちらにおいで下さい」

奥の部屋はうなぎの寝床のように狭く、店員の真後ろについていかなければならないほどだった。クレインの左側には木製のデスクが置いてあり、分厚い灰色の原簿が載っていた。浅く穴だらけの引き出しが半分開いたままになっている。クレインが話しているあいだ、店員はミントのような匂いのする軟膏《なんこう》をへらを使って練り合わせていた。

「ミス・ギブソンの居場所についてどんな情報でもいいから教えてもらえませんか?」

「本当に何も知らないのですよ。おととい仕事に来てみたら、三日間彼女の代わりをやってくれっていうメモが置いてあったんです。今晩遅く家に戻って、明日からはまた仕事に戻るとも。それから、このことは他には誰にも言わないでくれって」

クレインの唇がわずかにひきつった。

「こんなことをお話するのは、何かよくないことがあったんだと思うからです。そうじゃなければ私立探偵さんがここに来るはずがない」店員が言い足した。「ここでアルバイトして、たかだか一日三時間の割り当て仕事のために、本来のフルタイムの仕事をふいにするなんて、まっぴらごめんですからね。私は悪党になったような気分で、自分のボスに電話して、病欠ということにしてもらったんですよ」

「ミス・ギブソンは今までにもこういうことがあったんですか?」

「ええ、ありましたよ」店員はうなずいた。

「それは知らなかったな」クレインはゆっくりと呟《つぶや》いた。「しょっちゅうですか?」

「あの人の下で働くようになってから三年になりますが、これでもう二回目です」店員は言った。「こんなことは二回もありゃ十分でしょう! くそっ! もっと人のことも考えてくれなくちゃ」

「最初のときはどんなふうだったんです?」

「そりゃあ大変でしたよ、でもその翌日に彼女は戻ってきて、私にこんなことをやらせて申し訳ないって、二十ドル特別にくれたんです。それがなかったら、やめてましたよ。まして、今度もあの人の肩代わりなんてしませんでしたよ」

「知りたいのは彼女がその時どうして失踪《しっそう》したのか、どこに行ってたのか、ってことなんですが」

「それはわかりませんね。でもそのとき、何だか個人的な問題があって、決断を下す前にいろいろ考えたかったんだって言ってましたよ。その後は二度とそのことに触れませんでしたがね」

「そのことはミス・ダイアモンドが電話をよこしたときに彼女に話しましたか？　ミス・トリー・ダイアモンドという人ですが」

「いいえ、私は思いもしなかったんですよ――」

誰かが外のドアを開け、また閉めた。客の足音が近づいてきたので、店員はそちらに視線を移し、カウンターのほうへ歩いていった。その顔には弱々しい微笑《ほほえ》みが浮かんでいた。

「これはこれはマイヤーさん、お約束していた段ボール箱の件では大変失礼いたしました」

「あなたね」その女性は怒りに震えていた。「あれを誰かにやってしまったって本当？　あの大きな段ボール箱を？」

「ええ、春から夏にかけては、皆さん何かを梱包《こんぽう》するのに使うとかで、すぐになくなってしまうんですよ。実のところ、ジュリエットにあなたのためにとっておくように頼んでおいたんですが、彼女はきっと別のことに使ってしまったんだと思います。本当に申し訳ありませんでした。でも二、三日のうちに別の大きな段ボール箱が入りますので、それまでお待ち願えませんでしょうか」

クレインのところに戻ってきた時、店員は冷や汗を流していた。「誰にやると約束したかジュリエットにちゃんと話しておいたのに、もっと大事な人がいるとかで。それですべておしまいですよ」

「彼女がそれを誰にやったかご存知ありませんか?」クレインは何気ない調子で尋ねた。

「いえ、それがさっぱりわからないんですよ」店員は苛立《いらだ》っているようだ。「それがあなたとどんな関係があるんですか?」

クレインはその質問を無視した。「お客の中に、ヴァーバーという人はいませんでしたか? ベン、もしくはベンジャミン・ヴァーバーという名前なんですが」

「ちょっと心当たりがありませんねえ」と店員は答えた。「さっき言いましたけど、私はほかでフルタイムで働いていて、おまけにここでは一日に三時間しか働いてませんからね。お客さんを全部は覚えていられませんよ」

「ジュリエットが話の中でその名前を口にしたこともありませんか?」

「ありませんでしたね、私には」

「いや、とにかく、ありがとうございました」クレインは重々しくうなずいた。「本当に助かりました」

「そりゃよかった。それにしても、どうしてそんなに色々お調べになってるんです?」

「お教えしたいのはやまやまなんですが」一呼吸おいてから、クレインは答えた。「内密で調べるように言われているもので。それに、その人物に特に腹を立てている訳でもありませんし。すみません」

通りに向かって歩き出したとき、クレインは心の中で口笛を吹いた。

ハイストーンのアパートに戻ったのは五時半頃だった。ノラは黒髪を白い布で包み、その整った顔を異常に輝かせながら、電気掃除機の特殊な付属部品を使ってブラインドを掃除しているところだった。

「また、仕事かい?」やっと掃除機のスイッチを切った彼女に向かってクレインは微笑《ほほえ》んだ。「君って人は一日中ぼんやり座っていたくせに、亭主が帰ってくるやいなや、まるで今までずっと忙しくしてたみたいに働き始めるんだからね。夕食後に俺が座っている下も忘れずに掃除してくれよ」

「私、これでも家庭的になろうと努力してるのよ」ノラが言った。「激しい運動をすれば、ジュニアだってこのひどい世界に産まれてこなくてすむし、私だってあと七カ月も惨めな思いをしなくてすむようになるでしょ」

彼はノラをからかうのをやめた。「食事の前にちょっと電話をしてくるよ」

クレインは寝室に行き、ベッドのノラの寝る側に腰を下ろして電話を手にした。幸運なことに、トリー・ダイアモンドはレイデールのあの会社にまだ残っていた。クレインは彼女に、ジュリエットはおそらく無事で、何か事件に巻き込まれた訳ではなさそうだと伝えたが、手がかりはあまりつかめていないことも話さねばならなかった。だが、トリーはそれについてさほど心配する必要もなさそうだった。

「どうもありがとうございます」彼女は優しい口調で言った。「今日の午後、あんな失礼なことをしてしまったのに、ご親切に連絡して下さったんですね」

「あの一撃までは、あなたにもとても協力してもらいましたからね」クレインは気安く答えた。「だからあなたにもお伝えしなきゃと思ったんですよ」

それから留守番電話サービスにも電話をしてみたが、望んでいたニュースは何もなかった。ベン・ヴァーバーからの連絡はまだ入っていない。

それから、ほんの軽い気持ちからミリー・ヴァーバーにも電話してみた。彼女は少し前に保険会社に相談したが、ベンに何が起こったのかはっきりするまでは、何もできないと言われたそうだ。

クレインは尋ねた。「ベンから連絡はなかったかい?」

「全然ないの。あの人、本当に大丈夫だと思う? 子どもたちはすっかり動揺してしまって。私自身は——」

「心配はいらないよ」

「スティーヴ、私だって馬鹿《ばか》じゃないつもりよ。悪い知らせだって聞く覚悟はできているわ。私にあまり気を使うのはやめてね。子どものためにも、私のためにもならないから」

「確かにそのとおりだよ、ミリー」と彼は認めた。「今は、いいものも悪いものも含めて、ニュースがないっていうのが唯一のニュースでね。何か手がかりはないかと思って警察にも連絡は入れてみたんだが、今のところ何もわかっていることはないんだ」

「ベンを取り戻すために、あなたができるかぎりのことはしてくれてるって信じてるわ。子どもたち、あの人がいなくなってとっても寂しがってるの」そしてミリーは礼儀正しくつけ加えた。「ノラの調子はどう？」

「いまだ妊娠中さ」とクレインは答えた。「これから数カ月、友達全員からアドバイスが必要になりそうだよ」

「私でよければ、できるかぎりアドバイスさせてもらうわ」ミリーは言った。「ジンジャーを妊娠しているときにね、私、今でも覚えてるんだけど、ベンったら子どもが産まれたら私たちが眠る準備ができるまで覚醒剤《かくせいざい》を飲ませておけ、なんて言ってたのよ。そうすれば赤ちゃんが疲れて、夜、私たちを起こすようなこともなくなるから、ですって。もちろん思いっきりベンに怒ってやったけどね」

「ノラを呼んできたいんだが、あいにく食事の支度をしているところでね。またそのうち連絡するよ、ミリー」

「わかったわ、スティーヴ。あなたって本当にいい友達ね」

クレインが立ち上がったとき、ノラが寝室に入ってきた。ベッドの自分の寝る側が目に入ると、彼女は顔をしかめた。

「ちょっとあなたったら何てことしてくれたのよ。本当にあきれちゃうわ、こんなにベッドをへこまして、まるで象の群れが通ったみたいじゃないの」

「じゃあ、電話をほかのところへ移せよ、そしたらベッドに座らないですむから」

「スティーヴ、あなたったらまるでお腹の子と同じくらい——世話のやける人だわ」

クレインは微笑《ほほえ》んだ。「でも馬鹿ではない——そうだろう？」

「ええ、確かに」ノラはゆっくりそう答えると、微笑みを返した。

それはいつも、二人のあいだだけで交わされるジョークだった。結婚して二、三カ月が過ぎた頃、初めてひどい喧嘩《けんか》が起こった。夜、一緒に映画を観て帰宅したときのことだった。その時彼は玄関の電気をつけ、防寒用のコートを椅子《いす》の上に置くと、そのままキッチンの電気をつけに行った。コートを掛けようと玄関に戻ってきた彼に向かって、ノラが優しく、だが軽蔑《けいべつ》したような口調で言ったのだ。

「コートをクロゼットにしまってよ、馬鹿なんだから」

クレインは彼女のほうに振り向くと、二度とそんな呼び方も喋《しゃべ》り方もしてほしくない、と言った。「もしこれからもそんな口のきき方をするなら」と彼は続けた。「俺はこの家を出て、外に泊まるから」。

ノラは自分が言い過ぎたことに気づき、クレインを笑わせようと努めた。その晩は、彼はそれ以上口を開かなかったが、あくる朝になってから彼はノラと仲直りしたくて昨夜起こったことをさりげなく話題にしてみた。その日以来、その出来事はほかの人にはわからない、二人だけのジョークになったのだった。

そのときのことを思い出すと、二人の顔にはいつものように微笑みが浮かんだ。クレインは言った。「ところで、夕飯は何時だい？」

「六時にしましょう。それから出かけるの？」

「いや、十時までは家にいるよ」そして感慨深げにこう言った。

「君が俺に買ってくれた結婚指輪、覚えてるかい？」

「私の母がどうしても買えって言うから買ったけど、はめないほうがいいって二人で決めた、あの指輪のこと？」

「そうだよ。あれは君がまだ持ってるんだろう？」

「あなたの会社の合鍵《あいかぎ》と一緒に、箱に入れてしまってあるわ」とノラが答えた。「どこかの女の人がちょっかいでも出してきたの?」

「馬鹿《ばか》言うなよ、ハニー。あの指輪、出しておいてくれないか」

それは太い金の指輪で、クレインはいつも嫌っていたのだが、もしその指輪があったらアイリス・シャフテルとの問題も難なく解決してくれていたことだろう。これから会うことがほぼ確実なもう一人の女性に対しても、ひょっとしたら役に立つかもしれない。

六時半に、食後のコーヒーを飲みながら、クレインは陽気に言った。

「壁に掛かってる、あの自動缶切り器は買ったばかりだろう?」

「そうよ、スティーヴ。十ドルの賠償金を払ってくださいね」

「なぜ賠償金を?」

「昨日喧嘩《けんか》したあとでね、私、少し気を静めようと思って買っちゃったの」

「買い物は女性にとって最も偉大なるセラピーなり、だね」クレインは微笑《ほほえ》んで言った。「俺が世間並みの亭主だったら、君がミンクのコートを買わずに済んでくれてほっと胸を撫《な》で下ろしているところだよ」

電話が鳴った。消費者同盟《コンシューマーズ・ユニオン》の雑誌の最新号に載っている車の品質テストの報告書でも読んで一時間ほど過ごそうと思っていたクレインは、直感的に緊急の用件ではないかと感じた。

ノラが電話をとりに走っていき、二、三秒してから彼女の呼ぶ声が聞こえてきた。

「スティーヴ！　あなたに電話よ」

彼は寝室に入っていき、ちょっとにやりとしてから電話まで椅子《いす》を引っぱっていった。だが、ノラは彼に向かってうなずき、ベッドのほうを指差してみせた。ベッドの上に座ることを前もって許しているのだ。クレインは受話器をとりながらノラに投げキッスを送った。

「もしもし、スティーヴか？　トム・ピゴットだ」

「何かあったのか？」クレインはとっさに尋ねた。「そうでもなきゃ、あんたが電話してくるはずがないからな。明日の朝まで待って俺にレポートを送りつけて、多額の金をせびるはずだ。で、何かまずいことでもあったのか？」

「そのとおりなんだ、いや、実に言いにくいんだが」ピゴットの声は悲しげだった。「わかってると思うが、俺たちのあいだで決めた報酬の話には関係ないはずだが」

「何があったのか話してくれ」

「あの哀れな店員のハーバート・レンホフがコートレーズ・デパートを出てからずっと尾けることになっていただろう。初めはうちのやつが見張ってたんだが、マジソン・アベニューの南東にある六十八丁目付近で、レンホフの野郎が車を停めたんだ。それから道沿いに歩いていって、ある茶色い石造りの建物に入った」

「あんたの部下は尾けていかなかったのか?」

「もちろん行ったさ。うちのやつはAJLギャラリーの——そのAJLギャラリーってのはレンホフが入っていったところなんだが——閉館時間までねばってそれから中に入ったんだ。そこには裏口があった。おまけに、ギャラリーの経営者はレンホフに似た人間など一切見かけなかったと言ったそうだ」

「その経営者が忘れっぽいか、嘘《うそ》をついてるか、それとも——」クレインは黙り込んだ。

「その建物の中のアパートの部屋はしっかり調べていないんだろう。レンホフがその部屋のどこかにもぐりこんだはずはないと」

「一つだけある部屋には耳の聞こえない婆さんが住んでるが、彼女も誰も見かけてないと言ってる。うちのやつはその婆さんの話は信用してる」

「俺が今から何をやらなきゃなんないか、おまえさんにもわかるよな」クレインは言った。「俺はコートレーの人間に頼まれてレンホフの横領の証拠を追ってたんだ。これからコートレーに電話して、この仕事はピゴット事務所に譲ったが、ピゴット事務所はわれわれが追っていた人物を見失いました、と報告してやろう」

「そりゃないよ」ピゴットがせっぱ詰まった声を上げた。「俺のところだってコートレーと取り引きしてるんだぜ、そんなことされたら一巻の終わりじゃないか!」

「俺だって何か手がかりをつかまないことには全部ふいになっちまうんだ」クレインはやり返した。「もう一度ギャラリーを当たってみる」

「あんたがうちのやつよりうまくやれるとは思えんがね」

「俺の成功を一緒に祈ってくれ」クレインは気安く言った。「さてと、あんたはこの件をさばけなかった訳だから、また俺にお任せいただきたいね。一般料金で一晩七十五ドルでどうだ」

「スティーヴ、そりゃ不公平だよ！　それじゃあんたは二重に料金を取ってるじゃないか、俺からと、コートレーからと」

「俺の言うとおりにするか、それともクライアントにおまえさんのヘマをばらすか二つに一つだよ」クレインが言った。「前にあんた言ってたよな、『小切手には俺の名前をちゃんと書いてくれよな』って。その言葉、今度はそっくりそのままあんたに返してやるよ。明日の朝、あんたからの小切手を待ってるからな」

彼はうきうきした気分で電話を切ると、軽いコートを着ていこうと決めた。レンホフの件は、今晩決着をつけられる自信があった。あの大馬鹿者《おおばかもの》は今度ばかりは策に溺《おぼ》れすぎたのだ。その悪事をついに暴くことができそうだった。

「出かけてくるよ」彼はノラに声をかけた。「二、三片づけることがあるんだが、帰りの時間はわからないな」

「あなたったら本当にラッキーだわ」ノラがキッチンから返事をした。「赤ちゃんを追い払う新しい方法を考えとくわ」

「そりゃ傑作だ」クレインは重々しく呟《つぶや》いた。

11

夜の仕事にとりかかったときから、クレインはツキが回ってきた手応えを強く感じていた。なぜかはわからないが、レンホフの事件はここにきて急速な展開を見せていた。二つの探偵事務所の人間を手玉にとった無鉄砲な小男のあとを尾けるのも今日でおしまいだ。クレインはそのことに大金を賭《か》けてもいいと思った。

ＡＪＬギャラリーのドアをペンライトで照らすと、そこに期待どおりのものを見つけた。緊急連絡先の電話番号をメモしたカードがピンで留めてある。クレインはその番号をメモした。彼の記憶力は抜群だったが、それを過信してはいなかった。

舗道の縁にあるガラス張りの電話ボックスに入り、その電話番号にかけてみた。用心深い男の声が伝わってきた。「もしもし?」

クレインは自信を持って、このチャンスに賭《か》けてみることにした。「今日、そちらのオーナーに髪がネズミ色の小男についておうかがいした者なんですが。あの、正面玄関からそちらに入っていって、裏口から出ていったという人物のことで」

「そんな男は見てないって、何回言ったらわかるんだ?」

クレインは最初の電話で捜している男を見つけることができた。ほかでもないその男自身が電話に出たのだ。探偵にとって、これ以上幸運なことがあるだろうか?

「今度も事実を話してはいただけないようですね。きっとあの男はあなたのお得意さんで、あなたの協力が必要だとか何とか言ったんでしょう」

「誰も何も言っちゃいねえよ」男は怒鳴りつけるように言った。「ここんとこ二、三日、俺がやったことと言えば、私立探偵とくっちゃべることだけだ」

「ああ、私の同僚は一人だけなんですがね。名前はヴァ――?」

「名前なんかいちいち聞いちゃいねえ、そんなことはどうだっていい。今あんたと話してるのは、テレビがコマーシャルをやってるからさ。また番組が始まったら切らしてもらうぜ。何か言いたいことがあるなら早めに言ったらどうだ」

「それじゃ、コマーシャルが終わるまでは運がついてるって訳ですね、そこでおしまいになったとしても。一つ教えて下さい。あなたはその探偵に、絵画を修復している人を誰か紹介しませんでしたか?」

「いったいあんたはどうやってそれを――? そのくらいは喋《しゃべ》ってもかまわないだろう、

ああ、確かに紹介したよ」

「そのとき、あなたは修復をやってる人間を二、三人推薦してると思うんですが。これが最後の質問です。その中にミス・アイリス・シャフテルという人はいませんでしたか？」

「いたよ」彼はぶっきらぼうに答えた。「コマーシャルは終わりだ」

電話が切れた。

小さく口笛を吹きながら、クレインはすぐに会う約束をとりつけようと、アイリス・シャフテルに電話した。彼女に誘惑するような目を向けられ、もちろん、それをはねのけたところで、何も失うものはあるまいと心を決めたのだ。アイリスは二十分後に会うと約束してくれた。抑揚のない、ビジネスライクな声だった。

家具や調度品を入念にしつらえたアイリスの居間に入ると、クレインは彼女が座っているソファのもう一方の端に座りたいと言った。誘惑はまったく感じなかった。彼女は単に、クレインが独身であったら魅力を感じるタイプの美女に過ぎない。それだけのことだ。だが、顔色を引き立てる白いドレスを着てソファに座っている彼女は、今までになく美しく見えた。香水の香りがクレインの鼻孔をかすめた。

「お友だちのオスカー・ハンソンを覚えていらっしゃるでしょう？」彼女はさりげなく切り出した。「日本式のレスリングが好きなあの画家ね。あの人、画材道具一式を持ってきたコウベに行ったんです。もう二度と戻ってこないって言ってたけど、あの人いつもそう言って三カ月後には帰ってくるのよ」

「願わくは、やつの問題がもっと深刻なものになってもらいたいものだ」クレインは言った。「ベン・ヴァーバーが、あなたが仕事を請け負った顧客について尋ねていたと言ってましたよね。客の名前と外見について調べていたって」

「ええ。そのことは昨夜、あのクラブでお話したとおりですわ」

「昨夜？　何だか一年も前のことのような気がしますよ。それで、要するに、ベンはあなたとの会話を何とかして長引かせて、あなたをもっと知りたいと思った。でなければ、あなたに会ってすぐに、その外見と名前をあなたに知らせたと思うんです」

「と、おっしゃると？」

「ベンが探していたのは、ネズミ色の髪でうす茶色の眼をした小柄な男です。名前はハーバート・レンホフ。こいつは大胆にもどんなところでも実名を使っているんですがね」

彼女はうなずいた。「その人なら、デパートの店員だと言ってましたわ。好きな絵を買うためにずいぶん貯金したんですって。最近は、決してお金持ちじゃないのにお金持ちのように振る舞う人がとても多いでしょう。だから彼が言っていることに何の疑いも抱かなかったんです。彼から頼まれて、二枚の絵の修復を引き受けたことがありますわ」

「レンホフの仕事を引き受けたという証拠は何かありますか?」

「その人に送った請求書のコピーがあります。それを支払ってくれたときの支払い済みの小切手も」

「それで十分です」クレインは立ち上がった。「何かお役に立てることがあればいつでも言って下さい、アイリス」

「あったわ、昨夜ね」彼女はそっと言った。

「無理のない範囲内で、という意味です」

「そうだと思いましたわ。お休みなさい、クレインさん」


一番街二十八丁目にあるそのビルはこれまでずいぶん長いこと見張りをしてきたため、クレインにとっては今やすっかりお馴染《なじ》みの場所だった。ロビーは広くはないが、雰囲気のよい照明が取りつけてあった。レンホフの名前の下にあるベルを鳴らすと、すぐにブザーの呼び出し音が聞こえた。またしても、ついている、今夜はまったくもってうまくいっている。二階の北東の角にある部屋に通じるドアが大きく開き、その前に、ねずみ色の銀髪の小柄な男が警戒しながらクレインのほうを見て立っていた。クレインはもういやというほどこの男の写真を見てきたので、見知らぬ闖入者《ちんにゅうしゃ》のようにじろじろ眺められるのが意外な気がした。

「ちょっとお話がしたいんですが」身分証を見せてクレインが言った。「二人だけで、内密にお話したほうがいいと思います」

「いいですよ、では、お入りください」

食堂とは仕切られた広々とした居間に入ると、そこには特大サイズの抽象絵画が飾られていた。壁に掛けてあるほかの絵もすべて管理が行き届いているように見えた。居間の真ん中に小さな本箱と、赤と白のストライプのソファと背中合わせになったバーがあり、ダックスフントのように見えるティーテーブルの周りに椅子《いす》が四つ並んでいる。

「素敵なお宅ですね」クレインが型通りに言った。「申し上げにくいのですが、私はコートレーの人から頼まれて、あなたを長いこと調査している探偵事務所の者です」

「そうですか」小男の首から下は微動だにしなかった。「ついに証拠をつかんだという訳ですな。そうでなければあなたがここまで来るはずがないでしょうからね」

「そのとおりです。あなたは生活レベルが高く、色々な趣味をお持ちで、素敵な暮らしをしている。新車を乗り回し、この高級住宅地のマンションに住み、高価な家具を備えつけ――そのほかのいくつかの品は言うに及ばず。そのほとんどはクレジットカードで買うことも可能かもしれませんがね、でも絵画までは無理でしょう。私はＡＪＬギャラリーのオーナーにも、アイリス・シャフテルにも会って、あなたが購入した抽象画について話を聞いてきましたよ。手取りで週給九十五ドルじゃ、とうてい無理でしょうな。それでもまだ、あなたの臨時収入は盗んだ金ではないと説明するつもりですか」

「なるほど、ずいぶん自信をお持ちのようですね」レンホフは静かだが緊張した声で言った。「誰だって心地よいものや、美しいもの、高価なものに心を惹《ひ》かれるのは当然のことでしょう、それが買えても買えなくても。だが、どうやってもそれが手に入らないという事実に慣れる術《すべ》を世間は教えてはくれませんからね」

「それはこれまで多くの人間が悩んできた問題ですよ、私も含めてね、人によって受け取り方は違うでしょうけど」クレインは言った。「でも、あなたの件に関しては、私は裁判官でもなければ陪審員でもない、地方検事でも弁護士でもありません。私は単に雇われている人間で、私の仕事はあなたが誰かの金を盗んだ罪で確実に起訴されるようにすることです。もし、あなたが自供する意思があるなら、それは考慮されるでしょう。何と言っても、あなたはプロの犯罪者じゃありませんからね」

このようなケースでは、こういった控えめなお世辞と推理の積み重ねが、相乗効果を発揮して功を奏するのだ。レンホフは部屋の中を行ったり来たりし始めた。

「私はあんたと二人だけで話がしたい、記録者なしで」彼は言った。「結構な暮らしをさせてもらったよ、この一年近く。もし私が逃げ出して、あと半年自由に暮らせるとしたら、いちかばちかやってみる価値があると思うかい？」

「あなたは逃げ出せっこない」クレインは言った。「これから、一緒にダウンタウンの私の事務所まで行きましょう。私が供述書を作成しますから、あなたはそれにサインすればいい。すべての――」

「動くな！」ふいに、レンホフが彼のほうに振り向くと、クレインの言葉をさえぎった。その小さな手にずんぐりした不格好な銃が握られている。

「馬鹿《ばか》なことはやめるんだ」クレインは一歩前へ進み出た。

「今までさんざん馬鹿なことをやってきたんだ、危険を冒すことも苦にならない性分でね」

レンホフは親指でカチリと銃の安全装置を外した。「そこを動くな」

クレインは言われたとおりにした。

「両手を上げろ」自分の言葉に戸惑っているかのように、レンホフは言った。「俺はここからずらかる。追ってくるんじゃないぞ」

クレインが尋ねた。「いったいどうする気だ？　ルンペンにでもなるつもりか？　文無しでよその町へ高飛びしてどうなる？　よく話し合おう、馬鹿なことは――」

クレインはレンホフの次の行動に備えていなかった。レンホフは怒り狂って、彼に近づき、銃を高く上げると、クレインの眼帯のない右目に向かって振り下ろそうとした。

銃の先が頬骨《ほおぼね》をかすったため、クレインは一瞬、右目で見ることができなくなった。クレインは頭の後ろに手を伸ばすと眼帯を外し、右手でレンホフを自分の身体にきつく引き寄せた。きのうの午後のスモウ・レスリングのおかげで、彼は一つ大事なことを学んでいた。必要以上に相手の身体《からだ》を引き離してはならない。

レンホフの息苦しさからあえぐ音が、首のすぐ後ろで聞こえた。そのあえぎは泣き声に変わり、そして悲鳴に変わった。クレインは左目で見ながら左手で相手の喉仏《のどぼとけ》の膨らみに一撃を放った。弱々しい、ゴロゴロという音がレンホフの喉から漏れた。

レンホフにはクレインに銃で狙《ねら》いを定めるだけの距離がなかったが、もみあった拍子に発射された銃声が雷鳴のように部屋中に響きわたった。壁のしっくいが細かいシャワーとなってカーペットの上に降り注いだ。レンホフはショックのあまり、力が抜け、ぐったりとクレインに身体をもたせかけている。ぶるぶる震える手から銃が落ちた。クレインはそれを左のほうへ蹴飛《けと》ばしてから、レンホフを反対側へ押しやり、今度は乱暴に彼自身を蹴り上げた。そして、やっとのことで銃の安全装置をかけると、床に倒れているレンホフを睨《にら》みつけた。

「馬鹿野郎が」そう言いながら、眼帯を元どおりに着けた。そして、小声でまた呟《つぶや》いた。

「どうしようもない馬鹿野郎だ」

12

供述書をタイプし終えて、各ページに自分の署名をし、ついにまとめることができたときには夜の九時を回っていた。レンホフは翌朝、罪状認否を問われるため警察官に連行されていった。今、オフィスにクレインと一緒にいるのはブルータス・ダール氏、つまりコートレーズ・デパートの社長の娘婿だった。

ブルータス・ダール氏は彼が言うところの「事件」の最後を見届けるために派遣されてきたのだ。一八〇センチの長身に、黒々とした髪、ただし前髪だけを染めている。歯ブラシのようなひげをたくわえ、隙間《すきま》の空いた前歯といかつい顔が印象的だ。

「無事に解決して本当によかった」ブルータス・ダール氏は満面に笑みを浮かべた。「報酬として五百ドルお支払いしたいと思います」

「何とおっしゃいました?」

「あなたのパートナーがそうお決めになったじゃありませんか」ブルータス・ダール氏が

言った。「あなた方お二人のいずれかが首尾よく事件を解決したら、その方にボーナスとして五百ドルお支払いするという話でしたが」

クレインはそっとため息をついた。ベンはまとまった金を持って逃避行に出ようとしていたのだ。だが――果たしてそれは可能だったのだろうか？――何らかの理由で突然その計画が変更を余儀なくされ、十分に準備が整わないうちにベンは姿を消してしまったという訳だ。今夜、クレインに、ついていいいているとささやいていたその同じ直感が、今度は突如、運が変わったと言い出したのだ。

ブルータス・ダール氏が言った。「今、小切手でお支払いしますよ」

「ダールさん、せっかくですがそれには及びませんよ」

「それじゃ、明日の朝ではどうです？　支払い保証済みの小切手の方がよろしければそうしますが」

「五百ドルもいただけるとは思ってもいなかったので、何よりうれしいのですが、でも、やはりいただく訳にはいかないんです」

「コートレーは一ペニーも欠けることなくお支払いすることを保証しますよ。保険金が下りますからね。あるいは――そう、誰かが払うことになるのかもしれませんが、いずれにしても、コートレーの金ではありません」

「問題はですね、ダールさん、事務所としては一晩八十ドルというお話で契約していたはずなんですが、私のパートナーはどうもルール違反をやらかしたようです。彼がそんなことをしたのはこれが初めてなんですがね。私たちのコンビを解消するかどうかは、色々なことを考慮に入れて決めなければなりませんが」

「恐怖心からではなく倫理上の問題から金は受け取れないというのは、今どき珍しい爽快《そうかい》なお話ですね。気持ちいいし、元気づけてもくれます。今後、もしもまたコートレーが探偵事務所のお世話になることがあれば、その可能性は大いにあるでしょうが、ぜひともまた、あなたにお願いしたいものです。そのために及ばずながら力を尽くすつもりです」

「ありがとうございます、ダールさん。ご厚意に感謝いたします」

「今はまだ何もはっきりとは決まってませんが、あなたにまた仕事をお願いしたときに、その理由はおわかりになるでしょう」

ブロードウェイのはずれの西六十八丁目にダッジを停めると、クレインは薬局の経営者であるジュリエット・ギブソンが住むアパートに向かって歩いた。古い建物が建ち並ぶ広々とした通りには、冷たい風が吹き抜けている。両側の家や店の壁には誰かが書き散らしていったいたずら書きが残っていた。

「エレンはだれにでもやらせる」

「ホリー・シンナー参上」

「売春婦」

「四月八日」

「ブラック・モスレムに神のご加護を」

「ジム＆マリアン」

ごみ箱がひっくり返って、中味が歩道に散らばっている。

クレインが向かっていたのは、小さなアパートだった。三歩も進むとすぐ入口だった。薄暗い玄関には四つの郵便受けがあったが、ベルはついていなかった。廊下の突き当たりに灰色がかった白いドアが見え、入口から三メートルも行かないところに茶色いドアがある。

白いドアが開き、出てきた少女が叫んだ。「ママ、すぐに帰るわね」ドアを閉めると少女はちらっとクレインに目を向け、外に出ていった。

クレインは茶色いドアの前で立ち止まった。ここにもベルはついていない。肩をすくめてから、礼儀正しくノックしてみた。すると、ノックした手の力でドアが開いた。きちんと閉まっていなかったのか、鍵《かぎ》が掛かっていなかったのだろう。煌々《こうこう》と明かりのついた部屋を見渡すと、ダブルベッドに誰かがいるのが見えた。

ベッドの上から一人の女がクレインを見つめている。若い、蜂蜜色《はちみついろ》の金髪の女で、身体を隠した毛布がずれると、形のいいバストと真っ赤な乳首が見えた。一瞬、彼女は大きく目を見開き、低いがせっぱ詰まった声で何か叫んだ。

ベッドの毛布が、それ自身生きているかのように、少し動いた。そして頭がのぞいた。見覚えのある長い漆黒の髪と、今は死人のように青ざめた美しい顔。そこにいたのはトリー・ダイアモンドだった。

第三部　別れの証言

13

「トリーがこんなに早く来ていなかったら」とジュリエット・ギブソンは言った。「ちゃんと鍵《かぎ》を掛けておいたのに」その声はか細く、体つきも華奢《きゃしゃ》だった。失踪人《しっそうにん》報告書に書いてあった二十六歳とはとても思えなかった。花柄のバスローブに金色のスリッパを履いている。天井の高い居間で彼女の向かい側に座っているのはトリー・ダイアモンドだった。ジュリエットと一緒にいるところをクレインに発見されてから数分後には、トリーは服を着替え、漆黒の髪をきちんと櫛《くし》で梳《と》かしつけていた。今は口紅もひいており、その顔を前よりきつく見せていた。クレインは彼女の手を見つめた。昨日の午後、彼がジュリエット・ギブソンについて不愉快なことを言ってしまったとき、拳《こぶし》を固めて殴りかかってきた。トリーの正式のファーストネームはヴィクトリアだと、彼女が言っていたのをクレインは思い出した。クレインに中に入るよう勧め、自分とジュリエットが服を着るあいだ、居間で待っているように頼み、今やるべきことはクレインの質問に答えることだとジュリエットに言い聞かせたのはトリーだった。

ジュリエットはずっとクレインをうさんくさそうに見つめていたが、やっと口を開いた。

「私たちを見て興奮した？——それとも嫌気がさしたかしら？　あんたは何も言おうとしないのね」

「そうですね」

「何かしら感想はあるでしょ」

「男だろうと女だろうと、ホモやレズは個人の問題であって他人には関係ありませんよ。奇抜な格好をしたり、誰かに話す時に子どもみたいに喧嘩腰《けんかごし》になったりして、世間を騒がすのは感心しませんがね」

トリーはしみじみと言った。「私もそう思います」

ジュリエットが噛《か》みついた。「『レズ』ってどういう意味？　そういう言い方、私、大っ嫌いなの」

「それはまた別のときに話しませんか」とクレインはあっさりかわした。トリー・ダイアモンドのほうを見ると、目を固く閉じ、何かをじっとこらえているのが見えた。

「ミス・ダイアモンドが今夜ここに来たのは、僕が電話したためですね」

「まず居るかどうかジュリエットに電話してみたんです」トリー・ダイアモンドは言った。

「デートをして、それから私がここに来たの」

「二、三うかがいたいことがあるんですが」クレインは言った。「ジュリエット、ベン・ヴァーバーという男を知っていますか?」

「ええ、知ってるわ」

「彼とは深いつき合いでしたか?」

「一カ月くらいつき合ったかしら」

トリー・ダイアモンドが何か言いかけたが、その代わり手を握り締め、そのまま二人の様子を見守っている。

ジュリエットが言った。「トリーには話してなかったの、この人が怒ると思ったから」

トリーが口を開いた。「ねえ、今は私たちのことを長々と喋《しゃべ》っている場合じゃないわ。彼が知りたがっていることに答えればいいのよ。そうすれば時間の節約にもなるでしょう」

「それもそうね、トリー」ジュリエットも同意した。

「最後にベンに会ったときは何かありました?」

「お店に来て、空の段ボール箱を持っていったわ。大きくてなるべくいいやつを選んでね」

「本当ですか？」クレインは薬局の店員が段ボール箱を別の客にやってしまったとこぼしていたのを思い出した。「何のために必要だったんですかね？」

「何かを梱包《こんぽう》するつもりだって。持っていきたいガラクタがいっぱいあるからって」

「どこへ行くかあなたに話しましたか？」

「いいえ、でも明くる日の晩に街を出ていくと言ってたわ。三日前の話だけど」

クレインはため息をついた。ほかの女性と寝たいという欲望を起こさないために、彼女がベンを永遠の浮気相手にしようとしたのは想像に難くない。少なくとも、ジュリエット・ギブソンはそうしようと考えていたのだろう。

「なぜ町を出ていくのか理由は言ってましたか？」

「言ってたわ。ある女の人と一緒に逃げるつもりだって」

「確かに、彼が心を惹《ひ》かれそうな計画ですね。彼が結婚していたのはご存知でしたか？」

「ええ。子ども二人いるんでしょう。最後に会ったとき、彼に段ボール箱を渡してから私はここに帰ってきたんだけど、彼を自宅の前で車から降ろしたのよ――彼のためにタクシーを拾って。そのダンボール箱を運ぶのはとても大変だったけど、自分の家の地下室に保管しておくって言うので。それから、段ボール箱を使う本当の理由を話してくれたんだけど、その言い方が何のこだわりもなく、とっても自然だったので、ずっとあとになるまで何とも思わなかったわ」

「でも、その後あなたは動揺しましたね?」

「ただ、少し考える時間がほしかったから家を空けたの。店員にメモを残して、店も閉めてね。私が薬局をやってるのはもう知ってるでしょう。ほかでもないトリーに心配をかけるつもりはなかったの。まあ、この人にしてみたら、さぞかしびっくりしたでしょうね」

「段ボール箱を渡してから、ベンには会ってもいなければ連絡もないということですか?」

「そのとおりよ。彼女ってどんな人なのかしら? 一緒に逃げた人よ」

クレインは口を閉じた。ベン・ヴァーバーに対して白黒はっきりつけなければならない時がくるかもしれないが、とりあえず今は興味がなかった。まずは、もう少し調べを進めなければならない。ほかのことに取りかかる前に、ミリーに話を聞く必要があった。それに彼女の経済状態についても把握しておかなければならないだろう。明日になったら、事務所のドアの鍵《かぎ》を取り替えて、以前と同じように、ノラに合鍵を家の中にしまっておいてもらおう。

クレインはため息をついて立ち上がった。一瞬、膝《ひざ》の骨が体の重みで音を立てたが、まったく気にも留めなかった。

「ありがとう、ジュリエット、それにトリー。また邪魔が入らないようにしたほうがいいですね」

クレインが玄関まで出てきたとき、部屋の内側から鍵《かぎ》が掛けられる音が聞こえた。

二番街東三十七丁目にある灰色の高いビルの前に、パトカーが停まっていた。中にいる男の一人は、ダッシュボードの黄色い光の中で分厚い本を読んでいる。

十時にここにやって来たクレインは、その男が本の右隅に置いた太い黒い指で、ゆっくりとページをめくるのを見た。クレインは歩道の縁近くまで歩いていって、パトカーのドアに書かれた警察署の管区番号を確認した。

「ちょっとうかがいますが、あんた方はハリソン巡査部長と同じ管轄ですか?」

本を読んでいた男はうさんくさげにクレインを見返した。彼のほうがもう一人の相棒より肌が黒かったが、二人とも黒人だった。公務員は比較的人種差別が少ないため、黒人にとっては魅力的な職場なのだとクレインは聞いていた。

「あんたは誰だ?」浅黒いほうが柔らかい口調で尋ねた。

「巡査部長の知り合いだ」

「それじゃなぜここに来て、そんな質問をするのか教えてもらおうか」

「もし巡査部長がミセス・ヴァーバーと一緒にいるならちょっと話をさせてくれないか」

本を読んでいた警官がすぐに運転席の男に向かって言った。

「ジョーネス、この人を中へ連れてってくれ」

運転席の男が車から出てきた。クレインはすでに玄関に入り、廊下に向かって歩き始めていた。今までにもう何度も来たことがあったので、暗い中でも迷うことはなかった。

二階へ上がる階段の途中で、押し殺したようなささやき声が聞こえた。廊下の中ほどにあるドアの前にフィル・ハリソンが立っており、暗い戸口に片足を踏み入れていた。ハリソンは首を振った。

「隠そうとしたって無駄だよ、ミル。諦めるんだな」

ミリー・ヴァーバーはこう答えただけだった。「大きな声を出さないで！　子どもたちが起きるでしょ」

「あんたの子どもが何だっていうんだ⁉」ハリソンが嫌悪感をむきだしにした。固い掌《てのひら》で灰色混じりの髪を叩いている。廊下の電気に照らされて、彼は疲れた老人のように見えた。

目の前にクレインが立っているのを認めると、ハリソンは目を大きく見開いた。クレインが下に来るようにと合図し、ハリソンはうなずいた。彼ら二人と制服姿の巡査は玄関を抜け、郵便受け近くの暗い壁際まで歩いて行った。

ハリソンが巡査に向かって言った。「こいつは何をしでかそうとしてたんだ？」

「あなたのことについて尋ねてきたんです、巡査部長。非常に横柄なやつだと思いまして、ここに連れてきたのであります」

「まあ警官になめた口を利いたからといって、犯罪者と決めつける訳にもいかんだろう。車に戻っていいぞ、ジョーネス」

クレインはあからさまではないが、抗議せずにはいられなかった。「あんたとは随分長いつき合いだっていうのに、俺がもう警官じゃないからってだけでひどい言い方をするんですね」

「それが仕事だからな」巡査がドアを開けたので、冷たい風が吹き込み、床の上に紙くずが転がってきた。「無実を証明できないやつはみんなクロさ。俺がここにいるのもそのためだ」

「どうも理解しかねますがね」

「今日、警部補から呼び出されて、大目玉を食らってな。亭主とカミさんが長いことうまくいってないところにもってきて、亭主が姿を消したとなりゃ、どうしても確認しておかなきゃならないことがあるんじゃないかってな」

「ミリーがベンをどうかしたっていうんですか？　やつを殺したっていうんですか？」

「可能性はある」

「そんなことを調べたって時間の無駄ですよ。それに彼女を余計苦しめることになりますよ。万が一、ミリーが本当にベンを殺していたとしたら、俺はまた警察に戻ってもいい」

「子どもたちに何らかの危害が加えられると感じても、子どもたちを救うためにベンを追っ払うようなことはしないって言うのか?」

「もし、ベンが本当に子どもたちに対して取り返しのつかないようなことをするようなやつだったら話は別ですがね。ミリーだって、もし本当に殺したら自分が真っ先に疑われるし、彼女が逮捕されたら子どもたちだって州の保護下に置かれることになるっていうこともよくわかっているはずですよ。子どもを手元に置くためなら魂だって売りかねない女ですから。ベンが何をしようとも――もっともやつはわざと子どもを傷つけるような男じゃありませんがね――子どもたちと一日でも会えなくなる危険を冒すくらいなら、どんなことだって我慢するでしょう」

「俺はただ、可能性があるからには調べなければならないと言ってるだけだ」

「こんなナンセンスなことに時間をつぶすより、もっと別の仕事にとりかかったらどうです」

ハリソンは激怒した。「いったいおまえこそ何しに来たんだ、スティーヴ?」

「ミリーにちょっと聞きたいことがありましてね」

「何の話だ?」

「ジュリエット・ギブソンと話をしたんです。彼女が失踪《しっそう》したのは自分の意志でした。ちなみに今はもう通常どおりの生活に戻ってますよ。ベンとは先月、一カ月ほど交渉があったそうです。それに、ベンの浮気相手は自分一人じゃないとも言っていました。彼女の話では、ベンが失踪《しっそう》する前に、何かを梱包《こんぽう》するために段ボール箱をもらっていったそうです」

ハリソンはまじめくさった顔でうなずいた。

クレインはハリソンの心中を察し、苦笑いを浮かべた。「もしもミリーが、ベンがいなくなることを知っていたとしても、やつを殺して子どもたちの一生まで台無しにしようとは思わなかったでしょうね」

「だが、スティーヴ、そんなにおまえが自信を持って言うなら、ミリーにこれから何を聞こうというんだ?」

「俺はただ――」クレインは口ごもった。「あんたはさっきあの巡査がここにいたとき、俺を信用してませんでしたよね。俺だってあんたを信用していいという保証は何もない」

「俺を信用しなけりゃ、おまえはここにいられないんだぞ」ハリソンは怒鳴りつけるように言った。「おまえを公務執行妨害で逮捕することだってできるんだからな」

「どうぞお好きなように。それだけベンの行方を突き止めるのに手間取るかもしれませんがね。で、ミリーに会えるんですか? 会っちゃいけないんですか?」

いかめしい面持ちでハリソンが答えた。「そのあいだは俺も同席するのが条件だ。俺をだまそうったってそうはいかないからな」

クレインは先に立って階段を昇ると左に曲がった。ヴァーバーのドアを、かすかに触れるくらいに柔らかくノックした。内側をそっと歩いてくる足音がしている。

「出てって」ミリーの押し殺した声が聞こえた。「あんたのくだらない質問にはもう十分答えたじゃない、フィル・ハリソン――」

クレインがドアに身を寄せてささやき返そうとしたとき、ハリソンの右手がドアのベルに伸びるのが目に入った。クレインはその手を払いのけた。

「俺だよ、スティーヴだ」

ミリーはドアを開けた。「子どもたちの邪魔よ、スティーヴ。でもあなたなら文句はいえないわ」ハリソンの姿が目に入ると、流行遅れの眼鏡の奥でミリーの目がきつくなった。

「今は、俺たちは一緒に動いているんだ」クレインが小声で言った。

「何か新しいことがわかったの？ ベンに何があったの？」

「それはまだなんだがね、ミリー。君に二、三、聞きたいことがあるんだ。フィルも一緒に聞きたいと言ってる」

「なあに？」

「どこかもう少し人目につかない場所で話せないかな？」

彼女はクレインのためにドアを開けた。ハリソンが彼に続いた。暗い玄関ホールの向こうに台所が見えた。

ミリーは頑なに言い張った。「ここじゃないと駄目なの、子どもたちが起きちゃうから」

ハリソンが吠《ほ》えた。「チェッ！　また子どもの話か！」だが、クレインが警告の意味を込めて肩に触れたので、黙り込んだ。

「ミリー、ベンがほかの女性とつき合っていたのは知ってたかい？　本当のことを言ってくれ」

「あの人はいつもそうだったわ」ミリーはこともなげに答えた。「時には一人だけじゃないこともあったし」

「そのうちの誰かと駆け落ちするという話を聞いたことはなかったかい？」

「いいえ、でももしあの人がそう言ったとしても驚かなかったでしょうね。あの人が家族を捨てたって言いたいの？」

「いや、ミリー、俺が今一番知りたいのは、あいつの持ち物で何かなくなっているものはないかってことなんだけど」

「ないわ、何も」

ハリソンがくちばしを挟んだ。「そいつは証明できるんだろうな、ミリー？　これは重要な点だからな」

一瞬、沈黙があった。そして彼女は無表情なまま口を開いた。「靴を脱いでくれる？　二人とも」

クレインは床に靴が当たらないよう、そっと靴を脱いだ。ハリソンはそれよりも少しだけ大きな音を立てながら、ぶつぶつ言っていた。

「一緒に来て」

靴下の下でも床はミシミシと音を立てた。ハリソンが途切れることなく、罵《ののし》り続けているのが聞こえる。ミリーは電気のついたキッチンを抜け、薄暗い居間に入り、それから真っ暗な小部屋に入っていった。そっとドアを閉めてから、彼女は電気のスイッチを押した。

そこは夫婦の寝室だった。突き当たりの壁際には大きなダブルベッドがあり、洗ったばかりのシルクのストッキングが二足掛けてあった。ナイトテーブルには彼女の下着が置かれている。クレインが突然ついたまぶしい電気の光に目を慣らそうとしているあいだに、ミリーは靴下や下着を拾い上げ、ベッドの毛布の下に押し込んだ。

「ひどい有り様でしょう」感情のこもらない声で彼女は言った。「ベンが出ていってから、ろくに掃除もしてないもんだから」

「いや、構わんよ」ハリソンが言った。「ベンの持ち物はどこにある？」

彼女は右側のクローゼットを開けた。「こっちから半分はみんなベンのスーツよ」その扉をピシャリと閉めると、彼女の視線はベッドに面した壁際に置かれたマホガニー色のタンスに注がれた。「こっちが彼のシャツで」と言って上の二段の引き出しを開けてみせた。「こっちが下着よ」

濃い金髪の巻き毛がほつれて、右の眼鏡に落ちかかったが、彼女はそれをまったく気にも留めず、ナイトテーブルのところへ走っていった。

「これはあの人が読んでいた本」引き出しを開け、『リゾートの秘書』という題名のペーパーバックを取り出すと、折り目の入ったページを開いたまま伏せた。

「毎晩寝る前に使っていた目薬。その腕時計は修理に出して私が取ってきたばかりよ。この白髪染めも彼が使っていたもの。これでもまだベンが何か持ち出したって言えて？」

「君の勝ちだよ、ミリー」クレインはハリソンを見た。「もう帰った方がよさそうですね」

ハリソンが頑固に続けた。「もう一つだけ聞きたいんだが、ミリー、あんたの旦那《だんな》が姿を消したとき、あんたはどこで何をしていたんだね。とりわけ、あんたがそれを証明できるかどうかを知りたいんだ」

クレインがさえぎった。「ミリーは明日の午後、あんたのオフィスに行きますよ。そこできちんとした供述をとればいいでしょう」

ハリソンは考え深げに彼女を見た。「そうしてもらえるのかね？」

「午後の一時から二時半までのあいだにしてもらいたいの、フィル。そうでなければ、行けないわ」

「子どもに昼食を食べさせて、学校から連れて帰るっていうんだろう。わかったよ、その時間を空けておくようにしよう」

クレインは寝室のドアを開け、ミリーに先に出るよう身ぶりで示した。彼女はうなずくと、つま先立ちのまま電気を消した。クレインにとって、そこはもう見知らぬ所のように感じられたが、直にこの事件も片がつくのだと思い、多少気が楽になった。

彼が靴を履いているとき、女の子のせがむような、苛立《いらだ》った声が聞こえてきた。

「ママ！　ママ！」

ミリーがハリソンとクレインを睨《にら》みつけている怒りの視線を感じたが、それに答える声は落ち着いていた。

「大丈夫よ、ジンジャー。ベッドに戻ってお休みなさい」

クレインとハリソンは一階の廊下に戻るまで一言も発しなかった。

「どうもよくわからんのだ」ハリソンが口を開いた。それは、もう警察に属していない者を前にした彼の本音だった。

「俺も同じです。どうです、これからこのビルの地下室を調べてみませんか」

「何のために?」

「ベンはジュリエット・ギブソンに、大きな段ボール箱を安全に保管するため地下室に置いていくと話していたそうです。ここに確かにあるかどうか、調べてみたいんです」

ハリソンが嚙《か》みついた。「そんな話は聞いてないぞ」

「うっかり言い忘れたと言っておきましょう、そのほうが気分がいいなら。とにかく、入ってみましょう」

最初に地下室へと伸びる階段を見つけたのはハリソンだった。リーダーシップを取っているのは自分だと決めてかかっているように、先に立って階段を降り始めた。クレインは肩をすくめると、苦笑いして、後ろからついていった。

地下室は灰色にくすんだ広々とした空間で、中はひんやりとしていた。頭上の汚れた茶色いパイプから、クモの巣が垂れて、白く光っている。片側に一つ部屋があり、全自動洗濯機や乾燥機がいくつか、それに椅子《いす》も二つ、三つ置かれている。右側に灰色に塗られたドアがあるのが目に入ると、クレインはパチンと指を鳴らした。

「管理人がいますすね。こっちが公務で来ていることを言っておいた方がいいかもしれませんね。さもないと泥棒と間違われそうだ」

「構うもんか——でも、まあ、その方がいいだろう」

ハリソンはまるでガサ入れのように激しくドアを叩いた。管理人が出てくるまでに三、四分かかった。赤ら顔の背の高い男で、クレインたちに疑わしげな目を向けている。

「警察だ」ハリソンはバッジをかざしながら無頓着《むとんちゃく》な調子で言った。「ここに保管されている段ボール箱を調べさせてもらいたい」

「ものはみんな向こうにありますよ」管理人はニューイングランド訛《なま》りの残る甲高い声で言った。「好きなようにやってくださいよ」

ハリソンは不満そうに唇の端をゆがめた。「ふん、あんたもずいぶん気楽な仕事っぷりだな！」

「あそこにあるもんは、あっしは一切関係ないんでさあ。普段はこんな時間にはドアにだって寄りつかないんすけどね。ここの連中はどんなことをやらかすか知れたもんじゃねえ。晩飯の時間になったら、仕事はやめだ」

「俺はここに引っ越してこなくてよかったよ」

「そいつはお互い様でしょう、旦那《だんな》」ドアを閉めるとき、管理人は何やらにやにや笑っていた。

クレインは北東の角に住人たちが勝手に置いていったガラクタを指差した。ベビーカーに段ボール箱、ほかのものに混じってスキーの板が壁に一列に立てかけてある。壁から一番離れたところには、片端の親指の頭くらいの部分が少し錆《さ》びついているように見えるほかは、ピカピカに光っている金属製の台車のようなものが置いてあった。それはクレインの事務所のデスクくらいの長さと幅があり、下にはローラースケートの車輪が四つ付いていた。段ボール箱を地下室に入れるか、ここから引っぱり出すのに使ったものに違いない。クレインはそう考えながら、そこから目を逸らした。しかし、なぜかそれが気になってしかたなかった。どうしてこんなに不安な気分になるのか、自分でもわからなかった。

「お目当てはどれだ?」ハリソンが尋ねた。「わかるか、スティーヴ?」

「空の箱を探しましょう」

「それなら訳ないさ」

ハリソンは一番奥まで行くと、まず一つめの段ボール箱を力を込めて押してみた。一声うなると彼は手を離し、次の箱へ向かった。クレインはそれを見ていたが、ちょっとうなずいてから自分も壁の反対側のほうに置かれた段ボール箱から同じことをやり始めた。

ハリソンのほうが先に作業を始めていたので、端から四分の三ほど来たところで、クレインとぶつかった。

「そっちも一個も見つからないじゃないか」ハリソンが言った。「ベンは何かを梱包《こんぽう》するんじゃなく、ほかのことに使ったのかもしれんぞ」

「もし、ベンが女と駆け落ちする気だとジュリエットに話していたとするならですよ」クレインは考えこみながら答えた。「段ボール箱の使い道なんていう細かいことでわざわざ嘘《うそ》をつくとは考えにくいですよ」

「何かたくらんででもいないかぎりはな」

「本当にそう思ってるんですか？」

「そういきり立つなって、スティーヴ。可能性はなきにしもあらずだろうが？」

「あり得ませんよ。もしもベンがまだ警察のバッジをつけていたり、捜査の報告書を書いていたりしたら、あんたは真っ先にやつを信じ込んでいたでしょう。要するに、もう自分と同じ警官じゃない人間は、何かをたくらんでいてもおかしくないって訳ですね」

「わかった、わかった、おまえの説教はもうたくさんだ」ハリソンはごつい手を振って答えた。

「あいつは段ボール箱に何かを詰めて、ここから運び出したっていう訳か？」

「あの管理人ならわかるかもしれません。あんたがさっき彼と喧嘩《けんか》をおっぱじめそうな雰囲気でしたからね。俺が聞いてみればよかった」

「次からはそんなに遠慮しないでいただきたいもんですなあ！　確かに俺はそこまで考えつかなかった。何しろあの怠け者の管理人の顔を見ていたら、どうにもムカムカして我慢で

せんよ」

「ベンだったら、そんなことで聞き込みをやめたり、考えたりするのを中断したりはしま
きなくなったもんでな」

「わかったよ、おまえの言うとおりにするよ。二人でそれぞれ半分ずつ見ていこう。表面にあまりほこりをかぶってないものを探すんだ。外側からちょっと押してみて、お目当てが見つかるまで探す。それでいいかな?」

ハリソンが喋《しゃべ》り終わるより早く、クレインは段ボール箱やそのほかのガラクタが並んでいる前を歩いていた。六つ目の箱の前まで来ると、彼は屈み込んで箱の上に×印をつけた。十番目の箱にも×印をつけた。十二番目の前までくると、彼は立ち止まった。

ハリソンは文句を言っていた。「ここの床ときたら、まるでコーン・フレークみたいにぼこぼこしてやがる……おい、どうした?」

クレインが指差した。こちら側を向いた縦の側面に「高級ティッシュ」と印刷されている。さらに、その上面には「ギブソン薬局」という鉛筆の走り書きがあった。その段ボール箱は麻縄で縛ってあった。鉛筆の走り書きの一部分が丸く盛り上がっている。

「ベンが隠していたものが何かわかるか? スティーヴ? おい、どうした?」

自分のものとは思えない声が、クレインの口から漏れた。「ええ、わかりました」

「なんだ?」

クレインの頭の中を、いくつものシーンが走馬灯のように駆けめぐった。朝鮮戦争で、片目を傷めてまでベン・ヴァーバーの命を救ったこと。一緒に警官になった頃のこと。その後、仕事のパートナーシップを握手で誓い合ったこと。ベンの結婚式。友人としてお互いの家へ招いたり、招かれたりしたこと。探偵としてのベンは、事件を解決するまで実にねばり強く仕事に取り組んでいたものだった。

「スティーヴ、どうかしたのか? 顔色がよくないぞ」

「大丈夫です」クレインは呟《つぶや》いた。「こういう結末になるとは思ってもみませんでした」

「どういうことだ? さっきから、何を言ってるのかさっぱりわからんぞ。それとベンが箱に詰めてたブツと何か関係があるのか?」

「あいつは何も箱に詰めてはいませんよ」

「スティーヴ、そういう訳のわからない言い方はよせ。段ボール箱には何か入っていたんだろう? そして、おまえはそれが何だか知ってるんだろう?」

「ええ」

「やっと答えを見つけ出したという訳か。調査報告書を書いて、何かが見つかったと言えば、警部補にはそれが何か、具体的に報告しなきゃならん。スティーヴ、箱の中味は何だ?」

クレインはゆっくりと口を開いた。「箱に入っているのは、ベン・ヴァーバーの遺体です」

14

ハリソンは、上が丸く膨らんだその大きなダンボール箱を見つめた。下顎《したあご》が何かを嚙《か》み砕いているように上下に動いている。

「どうしてそんなことが言える？」一呼吸おいてから、ハリソンは尋ねた。

「さっきから目に留まってはいたんですが、それが何なのか今になってやっとわかったんです。この列の端に、車輪のついた金属製の台車がありましたよね。その端に一箇所、親指くらいの大きさの錆《さび》のようなものがついてました。ですが、あの台車はほかの部分はピカピカでまだ新品です。あれが本当に錆だとは考えにくいですね」

「つまり、血がついていると言いたいのか？」

「そう考えると、ほかのことも納得がいくんです」

「誰かがベンを殴り殺し、死体を段ボール箱に詰めて紐《ひも》でしばり、ここに置いていったと言うのか？」

「そのとおりです」

「もしも本当にこの中に死体が入っているとしたらだ」ハリソンは言葉を選びながら言った。「ベンが殺したとは考えられないか？　女と駆け落ちすると言っていたんだろう。途中で気が変わり、そのことを女に言ったのかもしれん。女はやつの人生をめちゃめちゃにしてやると毒づいた。ついにやつは女を殴り殺した。そしてどこかもっといい隠し場所が見つかるまで死体をここに置いておいたということも考えられる」

「それなら、姿を消すことで自分に注目を集める必要はなかったんじゃないでしょうか」

クレインは言った。顔には微笑《ほほえ》みを浮かべていたが、もはやそこにはユーモアのかけらすら見あたらなかった。「ベンはすでに死んでいて、その箱の中に詰められていると考えた方が自然だと思います。確かめる唯一の方法は開けてみることです」

「……ああ。そのとおりだな」

「できるだけ早く、箱を開けて自分で中味を確めるか、さもなければ人にやらせるか、それはあんたの仕事でしょう」

「わかった、わかったよ」

ハリソンはポケットナイフを取り出し、厚い刃を起こすと、二度ナイフを振るって紐《ひも》を切り、でこぼこの床に落とした。

段ボール箱の四枚のふたはどれも半分は外から見え、半分は中側に押し込まれて見えなくなっていた。ハリソンは一番手前のふたを引っぱり出して、箱を開けた。

ベンの身体は、脚を折り畳んで正座したような形で箱に収まっていた。その顔は平凡な人間のようにも、また、落ち着いて平穏なようにも見える。口を開け、目も開いたままだ。頭の左側が陥没していた。

クレインが口早に言った。「もういいでしょう」

ハリソンは死人に敬意を表するかのように、ゆっくりと箱のふたを閉じた。

箱から離れてから、彼はやっと口を開いた。「管轄のやつらに知らせなくちゃならんな」

「ええ、ですがまず先にノラを呼んできましょう」

「なぜだ?」

「誰かがミリーに伝えなきゃならないからです。それには彼女の友達が一番いいでしょう。ノラも身重ですが、こういう時には頼りになる女ですから」

「ノラには何が起きたか電話で言うんじゃないぞ」

「わかってますよ」

すぐ近くの壁に電話が掛かっていた。クレインはやっとのことで自宅の番号を思い出し、ダイヤルを回した。電話の向こうから聞こえてくるノラの澄んだ声は、まだこの惨劇には無縁で、まるでどこか遠い外国にいる誰かと話しているようだった。

「ノラ、今ベンが――住んでるアパートの地下室にいるんだ。悪いんだが、ミリーのためにちょっと頼みたいことがある。すぐ来てくれないか」

「どうかしたの、スティーヴ?」彼女は驚いているようだった。「何だかまるで年取ったおじいさんみたいな声よ」

「とにかくできるだけ早く来てくれ、今はこれ以上何も聞かないで」

ハリソンはクレインが電話を切るのを待っていた。「今電話したところで、科学班のやつらはすぐには来ないだろう。緊急事態って訳じゃないからな。だがとにかく電話してみよう、ベンが待ってるから」

ハリソンの電話が終わると、クレインは言った。「ミリーには遺体を見せないでおきましょう」

「そうはいかないな」

「どうしてですか? ベンの身元は俺たちがすでに確認したんだし、彼女にショックを与えるようなことはしない方がいいでしょう」

「死体を見たら、何か思わぬことを口走るかもしれん」

「ミリーにこんなことができるって言うんですか?」

「考えてもみろ、スティーヴ。男が殺され、妻が出入りしやすい場所に死体が隠されていたとなると、確かなアリバイがないかぎり、一番疑わしい容疑者になるのはやむを得ないだろう。旦那《だんな》が家を飛び出してよその女と駆け落ちしようとしていたのが事実だとするなら、彼女は今、刑務所にぶち込まれないだけでもありがたいと思わんとなあ」

そのとき、ノラが地下室のドアを開けたので、クレインはハリソンに反論しようとするのをやめた。クレインは部屋を突っ切って彼女に駆け寄った。「これ以上入っちゃいけない。上に行って、ベンに何かよくないことが起こったとミリーに伝えるんだ」

ノラの目が、その避けがたい問いを訴えかけていた。

「ベンは死んだよ」ついに、クレインは口に出した。「誰かがここであいつを殺して、遺体を段ボール箱の中に詰めたんだ」

「スティーヴ、まさか！」ノラの黒髪が左目に落ちかかったが、彼女は急いで髪をかき上げた。「いったい誰がそんなことを？」

「まだわからない」

ノラはハリソンが立っているほうを見やったが、次の瞬間、その目は巡査部長が見つめている段ボール箱にくぎづけになった。そして本能的に胎児のいるお腹のあたりをさすった。

「人は死に、そして生まれるのね」そして静かにつけ加えた。「なのに、ただ生きていることとは許されないなんて」

「君には悪かったが、どうしても必要があって呼んだんだよ、ノラ。これから上に行ってミリーに――」

長く、きしむような音を立てて地下室のドアがゆっくりと開いた。過敏になっているクレインの神経をかきむしる音だった。ドアがすっかり開いて、壁に当たったドアノブが低い音を立てるまで、彼は振り向くことができなかった。

つい数時間前までは、今夜は確かについていていると思っていたのに。

ミリー・ヴァーバーが戸口のところに、身体をまっすぐに伸ばして、揺るぎない姿で立っていた。皆の顔を見渡しながら、ゆっくりと前に歩いてくる。彼女がこんなにゆっくり、ぎごちなく歩いてくるのを見たのは、ベンたちの結婚式以来だろう。クレインは新郎のつき添い役として、通路を歩いてくる彼女をベンと一緒に待っていたのだ。そのときの様子を今でもはっきりと思い出すことができた。

ミリーはクレインに向かって言った。「窓から外を眺めていたら、歩道脇《わき》に停めてあったパトカーが走っていくのが見えたの。それから、ノラが家に来るのも見えたけど、彼女は上に来なかった。だから探しに降りてきたのよ。そしたら、物音が聞こえて、あなたたちがここにいるんだってわかったわ。それにベンも。ベンもここにいるんでしょう」

ハリソンが勢い込んで尋ねた。「どうしてそれを知ってるんだ?」

「そうでなければ、あなたとスティーヴがここにずっといるはずないもの」そしてクレインに尋ねた。「ベンはどこ、スティーヴ?」

「君は見ないほうがいい」

「スティーヴ、私、知りたいのよ。彼はどこにいるの?」

クレインはため息をついた。もうずっと前に気づくべきだったのだ。そもそも、誰かの苦しみを軽減しようなんて考えること自体が無駄なことなのだ、と。

「ベンはあそこだよ、ミリー」

ハリソンが段ボール箱のふたを開ける音が聞こえた。

「ここだよ、ミリー」ハリソンが言った。「よく見るんだ」

「ベンだわ」努めて平静を保とうとするその声は穏やかだった。「可哀相なベン」

「言うことはそれだけか?」ハリソンが意地の悪い言い方をした。「あんたの亭主が殺されたっていうのに、あんたが言うのはそれだけなのか、『可哀相なベン』だけなのか? 本当は、あんたがベンを殺《や》ったんじゃないのかね?」

「可哀相なベン」彼女はまた繰り返した。ハリソンの非難の言葉が彼女の耳に入っていたら、クレインは二人のあいだに割って入り、ハリソンを止めていたことだろう。「ちゃんと見ていてあげさえすれば、ベンはいい人だったのに」

「だけどあんたはやつを引き止めておけなかった、ミリー」ハリソンは執拗《しつよう》に食い下がった。「ほかの女と逃げると聞いて、あんたはベンに殴りかかったんだ、だが本気で殺すつもりはなかった。そういうことだろう、ミリー？」

今度も、ハリソンが喋《しゃべ》ることなど彼女は気にも留めていなかった。その代わり、ミリーは夫の死体を指差した。

「スーツの胸ポケットがふくらんでいて、何か突き出てるわ。何かしら？」

「遺体はあとで調べる。それよりもミリー、何があったのかまず話して——おい！　何してるんだ？」

ミリーはベンの胸ポケットに手を入れて両端にしわの寄った白い封筒を引っぱり出した。その手から、ハリソンが素早く封筒をひったくった。封はされておらず、中には便箋《びんせん》が五枚入っていた。ハリソンは何気なくそれを読み始めたが、読み進むにつれてその眼が光った。すべてを読み終えたとき、彼は周囲に起こっていることにまるで関心がないかのようによそおった。

「スティーヴ。まず、読んでみろ」

ミリーが鋭くさえぎった。「私からその手紙を取り上げる権利なんかないはずよ。それはあの人のものなんだから」

半ページほど目を通したところで、クレインはハリソンを見た。最後まで読み終える頃には、彼の傷めたほうの眼はひどく痛み始めていた。

「声に出して読みますか？　ミリーには気の毒かもしれないが、彼女は知りたがっていますから。それにあんたも手紙を彼女に渡したくないようですし」

ハリソンは疲れた声で答えた。「読んで聞かせてやれ」

「宛先は封筒にも中味にも書いてない」クレインはミリーに向かって言った。「名前もどこにも書いてないんだ。だから、誰に宛てたものかわからない。筆跡はベンのものだ。サインもしてある」

「ベンは何て書いてるの？　何が書かれているの？」

クレインは咳払《せきばら》いをしてから、手紙を読み始めた。

愛する君へ

今、この手紙を書くことは、今までの人生のなかでも、もっともつらいことだ。僕は君を傷つけるつもりはこれっぽっちもない。でも、こうするよりほかに方法がなかったんだ。信じてほしい。この手紙は、今まで僕らがよく会っていた場所に宛てて送るつもりだ。やむを得ない場合を除けば、僕らは今後もう会わないほうがいいと思う。

僕がどんなに君と一緒に行きたかったか、とりわけ最近の君の身の上に起こったあの一件以来、どんなに強くそれを望んでいたか、君もよく知っているはずだ。これまでそのために念入りに準備を進めてきたし、僕が本気だったことは承知しておいてほしい。事務所が引き受けたある事件では、パートナーに内緒で報奨金をもらう約束すらしていた。妻と子どもたちに金を残しておいてやるためだ。自分の手許には二十ドルしか残さないつもりでいた。本当に、スティーヴには何と謝ったらいいかわからないよ。

クレインはノラを見た。「レンホフのあの事件も、この殺人事件と関係があった訳だ。あの事件までが」

この手紙を読めば、やはり僕がミリーと子どもたちを捨てられないということが、君にもわかってもらえると思う。

僕がどうして気が変わったのか、ここで説明させてほしい。ほんの数時間前、仕事がらみである魅力的な女に出会い、すぐに彼女を口説きたくなってしまったんだ。それは相手がサーカスのブランコ乗りだろうと、絵を修復する仕事をしている女だろうと——それが彼女の職業なんだが——僕は同じことをしていただろう。
クレインは読むのを中断した。「レンホフの件で、ベンがどうやって絵画関係の人間を割り出したのかはわかりません。まあ、今となってはどうでもいいことですがね」

今日の午後に知り合った女に、もうちょっかいを出してしまう、そういう自分の性格を考えても、今後誰と一緒になろうとも、女を追いかけることは止められそうにもない。僕たちが一緒になったところで、君を不幸にするだけだ。女を惹《ひ》きつけるものを持っている男は、その力が衰えない限りずっと女を追い求め続けるものだ。

僕にとって女をモノにするのはいつもたやすいことだった。だから目の前に差し出されているものを拒むなんてことはほとんど不可能なんだ。実をいうと、この二、三週間、君を連れてどこかに逃げようと計画していながら、別の女の子と会っていたんだ。今回は薬剤師の女だ。僕は俗に言う「道を踏み外した人間」で、それはこれからもずっと変わらないと思う。

一緒に暮らしたところで、結婚してみたところで、僕もその相手も幸せにはなれないと思う。ミリーは誠実で思いやりがあって、僕が知っているどんな女よりも愛情深い女性だが、僕が彼女を受け入れられないがためにその愛情はすべて子どもたちに注がれている。愛情には責任がついてくる。彼女を愛さなければいけないのはわかってはいるが、どうしてもその責任を果たすことができないのだ。自分がもっと魅力のない、醜い小男に生まれついていたらとつくづく思うよ。ミリーが僕の外見に無頓着《むとんちゃく》だったら、僕たち二人はもっと幸せに暮らすことができただろう。

ただ一つ僕が言いたいのはこういうことだ。君と一緒に行くことで事態が変わると思っていた。済まなかった。今になってやっと、僕には無理だということがわかったんだ。本当に申し訳ないと思っている。

ベン

クレインがベンのサインまで読み終えると、ミリーは静かにすすり泣いていた。ノラを見ると、ミリーの身体に腕をまわして、うなずいている。

「上に行きましょう」慰めるようにノラが言った。「コーヒーでも飲んでから、ブルックリンのお姉さんに何が起きたのか知らせなければ。さあ、行きましょう。大丈夫?」

「可哀相な、可哀相なベン」すすり泣きながらミリーはまた繰り返した。「朝一番に、子どもたちにはできる限り真実を伝えるつもりよ。あの子たちにも知る権利があるもの。これからの生活はこれまで以上につらいものになるわ。そうならないようにするためなら、何でもするわ、でもどうすることもできない」

女性たちが出ていって地下室のドアが閉まると、クレインはハリソンに向き直った。「これでもまだミリーは容疑者だと言い張るつもりですか？　本当に彼女がベンを殺したと？」

「彼女はまだシロだと決めつける訳にはいかない」ハリソンはゆっくりと言った。「だが、これで強い殺人動機を持つ女がほかにいることがはっきりした訳だ。ベンが手を切ろうとしたのを知って、憎しみのあまりやつを殺した女がな。かならずそいつを突きとめてみせるぞ」

サイレンの音が聞こえた。遺体を運ぶ警察のワゴンがようやく到着したのだ。科学捜査班の連中もまもなくやってくるだろう。殺人課の速記担当者がクレインの供述を取り出したのは、十一時頃のことだった。クレインの供述が終わったとき、ベンの遺体は段ボール箱から運び出され、白い移動用のベッドに乗せられた。ハリソンは遺体に屈み込んで衣服のポケットの中味を調べながら、もう一人の速記者に書き取らせるため、品目を一つ一つ大声で伝えていた。

「財布には三十ドル……ハンカチ……革の部分に『クレイン&ヴァーバー探偵事務所』の刻印があるキーケース、鍵《かぎ》は八つ入ってるな……小銭で七十一セント……」

ナイフで刺されたような痛みを感じながら、クレインはその場を立ち去った。

15

アパートの前で待っていると、十一時半過ぎにノラが階下《した》に下りてきた。彼の姿を見ると、ノラはそのあごにキスをした。

「今夜はミリーのお姉さんが彼女のそばにいてくれるって」とノラが言った。「何だか思いっきりダンスでもして、今日のことみんな忘れちゃいたいわね」

「その方がいいだろうね」クレインは怒りを込めて言うと、ダッジに乗り込んだ。家に帰り着くまで、彼は一言も口を利かずじまいだった。車を停めてから、天井の低い、壁の薄い自分たちのアパートで、ノラと二人になった。

「コーヒーでもいれましょうか」ノラは努めて明るく言った。「コーヒーはジュニアの神経によくないっていうけど、少しはリラックスしたいもの」

「そうだね、自分がミリーの慰め役として彼女がひどい目に遭っているのを目の当たりにするなんて、ずいぶんと変な気分がしただろうな」とクレインは冷ややかな口調で答えた。

「まったくおかしなもんだよ、誰のおかげでミリーがあんな目に遭ったのか考えてみればね」

「いったい誰のせいだって言うの？」

「地下室で何が起きていたか、俺が気づいていなかったと思ったのか。人を馬鹿《ばか》にするのはよせよ」

ノラは唇をきゅっと結んだ。「私がベンと浮気していたとでも言いたいの？　あなた本気？」

「君は最初、ちょっとした刺激が欲しかった、もっと遊んでみたかった。だからベンと寝たんだろう。ベンの手紙を読むと、あいつは君ほどのめり込まなかったみたいだがね」

「そんなことのために私が彼を殺したって言うの？　そうなの？」

「ベンの手紙を読んだとき、君につながるヒントが隠されているのに気づいたんだ。『僕がどんなに君と一緒に行きたかったか、とりわけ最近の君の身の上に起こったあの一件以来、どんなに強くそれを望んでいたか、君もよく知っているはずだ』とあったろう。君の身の上に何かが起こり、それが君を大きく変えたんだ」

クレインはノラの腹を指差した。

「ジュニアだよ。そして君には子どもの父親がベンだということも十分よくわかっていた」

「何を馬鹿なことを言ってるの！」

「君は一緒に逃げようとベンに迫った。ベンが君に会おうとしないので、君は彼の家まで押しかけてベンを問いつめた。だからあいつは自分が君との逃避行に乗り気であることを示そうと、地下室まで君を連れていったのさ。だが、あいつは途中で気が変わったんだ。おそらく宛先はないが君宛ての手紙を書いたことは、君には黙っていたんだろうね。ついでながら、あの手紙には俺とミリーの名前も出てきたから、俺たちのことをよく知っている人間に宛てて書かれたにちがいない。君はベンの心変わりに逆上して、あいつを、目の前から消してしまった。自分にはアリバイがあると思ったのかもしれないし、ミリーを陥れることができると考えたのかもしれない。今となってはいずれにしても同じことだがね」

「アーサー王の伝説に出てくる騎士ガラハッド（円卓の騎士の中で最も気高く純潔な騎士）みたいに、あなたは何でもよくご存知って訳ね」

「ベンを殺してから、君は子どもなんかほしくないと言い始めた。発作的に——実は巧妙に仕組まれていた訳だが——自分の子どもを堕ろしたと俺に思わせたかったんじゃないのか？　君はどうしても子どもを産む訳にはいかなかった。その子がベンにそっくりな可能性もあるし、血液検査をすれば俺が子どもの父親でないことはすぐわかってしまうからね」

「スティーヴ、本気でそんなこと信じてるの？　あなたきっと、ベンが殺されたショックで少し頭がおかしくなってるのよ、お医者さんに診てもらった方がいいわ」

「君はもう一つ、重大なミスを犯していたよ。ベンは以前、事務所のデスクにしまってある個人用のアドレス帳の話を君にしていたんだ。そして君は自分の名前がアドレス帳にあるんじゃないかと恐れた。だから俺が家にしまっておいた事務所の合鍵《あいかぎ》を持ち出した——俺の鍵はポケットに入れてあったし、ベンのは遺体が身につけていたんだ——そして事務所にそのアドレス帳をとりに行った。だが君の名前はそこには載ってなかった。なぜならベンが君と連絡をとりたければ俺の家に電話をすればすむ。俺の電話番号ならやつはすっかり頭に刻み込んでいたからね」

「言いたいことはそれだけ？」

「いや、まださ」クレインは続けた。「俺をおどかすために、君のほうから離婚を持ち出す必要はないよ、俺はとっくにそのつもりだからね。君にはもう情状酌量の余地はないんだよ、この件に関しては」

「余地はない？」彼女は馬鹿《ばか》にしたように言った。「私は電気椅子《いす》に送られて当然っていう訳？　浮気のためにその相手を殺し、彼の奥さんを容疑者に仕立て上げようとしたって言いたいのね。私は生きてちゃいけない、そう言いたいんでしょ？　ただ誘惑されたっていうだけで私は死ななくちゃいけないの？」

「誰だって誘惑されることはあるよ、時にはね」クレインはアイリス・シャフテルとの一件を思い出しながら答えた。「誘惑に負けなけりゃいいんだ」

「きっとあなたは、これまで誰にも誘惑されたことがなかったんでしょう」ノラは固く閉じた唇に無理やり笑みを浮かべた。「ガラハッドとは違うものね」

「もうこれ以上話す必要はないだろう」クレインはにべもなく言った。「明日の朝、フィル・ハリソンのところへ行って真実を話すんだ。今度のことは、君が衝動的にやってしまったことだ。州刑務所での懲役も軽くて済むかもしれない」

「私は本当に何もやってないったら。そんなでたらめを並べたてて、あなたは自分自身も私も、私たちの結婚生活をもめちゃめちゃにしようとしてるのよ。シャーロック・ホームズばりの名推理で事件を解決したと思い込んでるけど、あなたの推理はすべて勘違いよ。真実とはまったく違うわ。ただの一つもね」

「もう結構、俺の前では認めなくてもいい」クレインは口を開いた。「だが、君がハリソンの前で証言せずにこのままミリーを陥れるつもりなら、俺はこれからの空き時間をすべて使って、君の犯罪の証拠を突きとめてみせるからな。君とベンが密会に使っていた部屋かアパートがどこかにあるはずだ。それを突きとめてから、君たちが一緒だったところを見たっていう証人も探し出すさ。そうやって一つ一つ証拠を積み上げて、君を刑務所送りにしてみせる。もう誤魔化すのはよしたほうがいい、自分自身も俺のことも。俺は本気で言ってる」

「あなたもミリー・ヴァーバーも糞食《くそ》らえよ。誰かを刑務所にぶち込みたいなら、あの小うるさい餓鬼どもも一緒にぶち込んでやったほうがいいんじゃない。ベンのせいで私が迷惑こうむるなんてまっぴらごめんね。もう、うんざり！　何か言ったらどう、ガラハッドさん？」

「これで十分だ」

ふいにクレインの拳《こぶし》が伸びると、妻の鼻柱を殴りつけた。ノラはまるで自分の意志で歩いているように、ゆっくり後ろへ倒れていった。その身体は壁に強く叩きつけられ、近くに掛けてあった絵が衝撃で揺れ出した。

最後に、彼女がクレインの背後で叫ぶのが聞こえた。「私は何もやってない。聞いてるの？　あなたがどんなに頑張ったところで、私の無実が証明されるだけよ。ちゃんとした理由もないのに、私たちの七年間の結婚生活は終わりよ。あとで思い知るがいいわ。本当のことを知って、あんたなんかくたばっちゃえばいいのよ！　ねえ、私は無実よ、聞いてるの？　私は無実なんだってば、私は無実——」

16

「そのデスクはできるだけ早く運び出しておいてくれ」とクレインが言った。

ずんぐりした体つきをした二人の男は、ベン・ヴァーバーが使っていたガラス張りのデスクをじっと見下ろした。でっぷりしたほうの男が答えた。「こっちで処分しますよ」

「ちょっと待て」クレインは奥の壁に歩み寄ると、そこから額縁入りの写真とベン・ヴァーバーのニューヨーク州私立調査員のライセンスを取り外した。「これも持っていってくれ」

「わかりました」

ドアのところでギシギシという音が聞こえた。クレインに雇われた男が事務所名からベン・ヴァーバーの名前を削っているのだ。あんなふうに、ベン・ヴァーバーの記憶も彼の心から削り取ってしまえたらどんなにいいだろう。だが、そううまくはいかないものだ。

木曜日の朝になっていた。自分自身の一部になってしまったかのような、鈍い頭痛に耐えながらも、クレインは仕事をいくつか片づけることができた。前の晩、一晩中飲み続けていたのだ。新しい事務用品を電話で注文し、差し迫っている離婚の件と事務所名の変更について弁護士に連絡をとった。彼はすでにミリーの義理の兄に手伝ってもらって、葬儀の準備を進めていた。それから、『タイム』誌に連絡して、死亡記事の掲載を申し込んだ。

葬儀について知らせるために、ミリーにも電話を入れた。ミリーはしばらく静かにそれを聞いていたが、やがて言った。「ベンが生きていたときとは、何もかもすっかり変わってしまったのね」

コートレーズ・デパートの社長に宛ててレンホフの件について報告書をタイプしているところへ、電話が鳴った。フィル・ハリソン巡査部長だった。

「ノラと話をしたよ」重い口調でハリソンが言った。「彼女は一晩中考えて、ベンを殺したのを自白することにしたそうだよ。面会するか?」

「しません」

「彼女もそう言ってたよ。それにしてもおまえの気持ちは変わらないのかね。何ができることがあったらいつでも言ってくれ」

「没頭して何もかも忘れられるように、きつい仕事をたっぷりやらせてください。葬儀は六番街三十七丁目にあるソープの式場で行われるそうです」

「俺は行くよ。多分、墓地にも行くと思う。おまえはどうする?」

「やめておきます。ミリーのためにできるかぎりのことはしてるつもりですが、彼女のためにも、ほかの人のためにも葬儀には出ないほうがよさそうですから」

「わかったよ、スティーヴ。じゃあな」


それから一時間ほど経って、クレインが報告書をまとめ終えたとき、アイリス・シャフテルから電話がかかってきた。

「あなたの奥さんのこと、聞きましたわ」と彼女が言った。「お気の毒に」

「あなたって人はずいぶんと機転がきくんですね、アイリス。何かをつかむための道が開けたら、一直線に突き進む」

「私のなかに流れる画家としての血のせいよ。本当はね、あなたをデートにお誘いしようと思って電話したんだけど」

「『デート』とはうまく言ったもんだ。俺はデートの相手としてはおもしろくない男かもしれないのに」

「でも、いつもそうではないでしょ。リスクを冒してみるわ」

「オーケー、アイリス。ところでもう一つ、君に言わなきゃならないことがありましたよ」

「なあに？」

「ありがとう」

訳者あとがき

本作品に登場するのは、一見ごく普通な、どこにでもいそうな人物ばかりです。主人公の私立探偵クレインにしても、ささいなことで妻と喧嘩して家を飛び出してみたり、気にくわない男に売られた喧嘩を買ったはいいが、その後筋肉痛でヨレヨレになってみたりと、ハードボイルドな孤高の探偵というタイプからは、ほど遠い男として描かれています（もちろん、探偵としての腕は一級なわけですが）。他の人物にしても、とにかく子どもの世話が生き甲斐の親友の妻や、仕事に情熱を注ぐあまりベスト・パートナーが見つけられずにいるキャリアウーマンなど、時代と場所は違えど、「いるいる、こんな人」と思わせるキャラクターが数多く登場してきます。そんな、一見平凡に見える生活の中で、ある日主人公の親友が忽然《こつぜん》と姿を消してしまいます。その行方を追ううちに、主人公が掴んだ衝撃的な事実とは……？　その先は、まずは本作をお読みいただくとして、ストーリーの展開を追うスリリングさはもちろん、こうした粒ぞろいのキャラクターの面白さも、この作品ならではの魅力といえるでしょう。

作者のモリス・ハーシュマンは一九二六年、アメリカ生まれ。ニューヨーク大学を経て、一九五五～五八年には Topics Publications や HMH Publications の編集アシスタントを務めました。

また、アメリカ探偵作家クラブ（ＭＷＡ）の会員で幹事を務めたこともあります。

処女作となる本作『片目の追跡者』を皮切りに、六〇～七〇年代にかけて数多くの作品を発表。そのうちの短編作品は、日本でも翻訳され、『現代アメリカ推理小説傑作選Ⅱ』（立風書房）、『密室殺人傑作選』（早川書房）などに収録されています。「モリス・ハーシュマン」という名前以外にも「アーノルド・イングリッシュ」「エヴリン・ボンド」「サム・ヴィクター」など、八つのペンネームを使い分け、ペーパーバック・ミステリを書いていています。

最後になりましたが、いつも的確なアドバイスを下さった三浦彊子氏にあらためてお礼申し上げたいと思います。

Guilty Witness
(1964)
by Morris Hershman

〔訳者〕
三浦亜紀（みうら・あき）
1974年生まれ。早稲田大学第一文学部卒。

片目《かため》の追跡者《ついせきしゃ》
——論創海外ミステリ 2

2004年11月20日　初版第1刷発行
2004年12月10日　初版第2刷発行

著　者　モリス・ハーシュマン
訳　者　三浦亜紀
装　幀　栗原裕孝
編集人　鈴木武道
発行人　森下紀夫
発行所　論 創 社
〒101-0051 東京都千代田区神田神保町2-23 北井ビル
電話 03-3264-5254　振替口座 00160-1-155266

印刷・製本　中央精版印刷

ISBN4-8460-0516-X